हिन्द पॉकेट बुक्स

गुलिवर

की लिलिपुट यात्रा

एक एंग्लो-आयरिश लेखक और पादरी जोनाथन स्विफ्ट के द्वारा लिखा गया यह एक अत्यंत रोचक बाल उपन्यास है, जिसे बच्चों और किशोरों के लिए तैयार किया गया है, ताकि इसे पढ़कर बच्चों में साहसिक बनने, ऊँचा उठने और सच्चाई के रास्ते पर चलने की प्रेरणा जाग सके।

यह उपन्यास अत्यंत आसान भाषा में है और रोचक ढंग से लिखा गया है। इसे याद करने में भी आसानी होगी। यह उपन्यास दर्जनों सुंदर चित्रों से सजा हुआ है और इसके अंत में एक प्रश्नोत्तरी भी दी गई है? ताकि आप अपनी परीक्षा स्वयं ले सकें।

सुरुचिपूर्ण एवं प्रेरणादायक सचित्र बाल उपन्यास

गुलिवर

की लिलिपुट यात्रा

जोनाथन स्विफ्ट

हिन्द पॉकेट बुक्स

पेंगुइन रैंडम हाउस इम्प्रिंट

हिन्द पॉकेट बुक्स

यूएसए | कनाडा | यूके | आयरलैंड | ऑस्ट्रेलिया | सिंगापुर
न्यू ज़ीलैंड | भारत | दक्षिण अफ्रीका | चीन

हिन्द पॉकेट बुक्स, पेंगुइन रैंडम हाउस ग्रुप ऑफ़ कम्पनीज़ का हिस्सा है,
जिसका पता global.penguinrandomhouse.com पर मिलेगा

पेंगुइन रैंडम हाउस इंडिया प्रा. लि.,
चौथी मंजिल, कैपिटल टावर -1, एम जी रोड,
गुड़गांव 122 002, हरियाणा, भारत

पेंगुइन
रैंडम हाउस
इंडिया

प्रथम संस्करण हिन्द पॉकेट बुक्स द्वारा 2014 में प्रकाशित
यह संस्करण हिन्द पॉकेट बुक्स में पेंगुइन रैंडम हाउस द्वारा 2022 में प्रकाशित

10 9 8 7 6 5 4 3 2

इस पुस्तक में व्यक्त विचार लेखक के अपने हैं, जिनका यथासंभव तथ्यात्मक सत्यापन किया गया है, और इस संबंध में प्रकाशक एवं सहयोगी प्रकाशक किसी भी रूप में उत्तरदायी नहीं हैं।

ISBN 9789353491659

मुद्रकः रेप्रो इंडिया लिमिटेड

www.penguin.co.in

FSC www.fsc.org
MIX
Paper from responsible sources
FSC® C047271

This is a legitimate digitally printed version of the book and therefore might not have certain extra finishing on the cover.

क्रम

संघर्षपूर्ण यात्रा	7
बौनों की गुलामी	19
आज़ादी की जंग	34
अकेले ने जीता सारा देश	42
षड्यंत्र और स्वतंत्रता	51
प्रश्नोत्तरी	63

संघर्षपूर्ण यात्रा

आज यह बात बहुत से लोग जानते हैं कि मैं इंग्लैंड के नोटिंघमशायर नामक नगर में रहने वाले एक छोटे-से जमींदार का बेटा था। पांच भाइयों में से मैं तीसरा था।

चौदह साल की उम्र में मैं कैम्ब्रिज विश्वविद्यालय में पढ़ने गया। तीन सालों तक मैंने खूब मन लगाकर पढ़ाई की। लेकिन मेरी पढ़ाई के बीच में एक अड़चन आ गई थी। मेरे पिता ज्यादा दिनों तक मेरी पढ़ाई का खर्च नहीं उठा सके, क्योंकि किन्हीं कारणों से उन्हें आर्थिक घाटा उठाना पड़ा, इसलिए मैंने पढ़ाई छोड़ दी और मैं लंदन चला गया। वहां पर मैंने डॉक्टरी का काम शुरू कर दिया।

मैं चाहता था कि पढ़ाई पूरी नहीं हुई तो क्या हुआ, चिकित्सा जगत में तो नाम कमा ही सकता हूं। जनसेवा की भावना से वहां पर मैं अपना दवाखाना चलाता था। लेकिन जनसेवा की भावना से शुरू किये गये दवाखाने में ज्यादातर दवाई गरीबों को मुफ्त देने के कारण मुझे घाटा होने लगा, जिसे उठाने के लिए मेरे वश के बाहर की बात थी, इसलिए मैंने एक जहाज पर डॉक्टरी की नौकरी कर ली। चार-पांच बार मैं विदेशों की यात्रा करके वापस लंदन लौट आया। इस बार शुरू में तो मेरा काम खूब चला पर बाद में फिर से काम बंद होने लगा। मैंने फिर से जीविका चलाने के लिए जहाज पर नौकरी कर ली।

इसके बाद मैं छः साल तक दो जहाजों पर डॉक्टरी का काम करता

रहा। मैंने लंबी-लंबी यात्राएं की और काफी पैसा कमाया। अब मुझे इसमें मजा भी आने लगा था। जहाज पर काम करने का मजा ही अलग है। एक तो विश्वभर की यात्राएं हो जाती हैं, ऊपर से जनसेवा करने का मौका भी मिलता है।

मेरी लिलिपुट की यात्रा बहुत रोमांचकारी और अद्भुत रही। इस यात्रा से मुझे ऐसे-ऐसे अनुभव मिले जो मैं कभी नहीं भूल सकता। बात उस समय की है जब मैं एण्टीलोप नामक जहाज पर डॉक्टर था। हम लोगों ने 4 मई सन 1699 को ब्रिस्टल से यात्रा शुरू की। शुरू में हमारे दिन बहुत अच्छी तरह गुजरे। हमें बहुत कुछ देखने को मिला और तरह-तरह के अनुभव भी प्राप्त हुए। लेकिन एक बार जब हम दक्षिण सागर से पूर्वी द्वीप-समूह की ओर जा रहे थे, रास्ते में हमारा जहाज एक तूफान का शिकार हो गया। हम रास्ता भटक गए।

कई दिनों तक इधर-उधर भटकते रहे। यहां तक कि हमारा खाने-पीने का सामान भी खत्म हो रहा था। लोग भूख से परेशान हो रहे थे। भूख से हमारे कुछ आदमी भी मर गए। बाकी लोगों की भी हालत खराब होने लगी थी। कड़ी मेहनत और भोजन न मिलने की हालत में उनकी स्थिति दिन-ब-दिन बिगड़ती जा रही थी।

कहते हैं कि मुसीबत कभी अकेले नहीं आती है, जब आती है तो आदमी को चारों ओर से घेर लेती है। 5 नवंबर को हमारा जहाज समुद्र के बीच में निकली हुई एक चट्टान से जा टकराया। जहाज के दो टुकडे होने की आशंका से पहले ही हम लोग छोटी-छोटी नावों में सवार होकर निकल भागे। मैं जिस नाव में सवार था, उसमे मेरे छह साथी और थे। हमारी आंखों के सामने हमारा जहाज डूब गया। हमारे सामने इस समय समुद्र की ऊंची-ऊंची लहरें थीं और उनके बीच घिरी हुई हमारी नावें। अभी हमारे ऊपर और मुसीबतें आने वाली थी। अचानक तूफान के आने

के साथ ही हमारी नाव उलट गई। हम सब जिंदगी और मौत के बीच हिचकोले खा रहे थे। इसके बाद मैं नहीं जानता कि क्या हुआ? मुझे यह भी नहीं मालूम कि मेरे साथियों का क्या हुआ? वे मर गए या मेरी तरह बच निकले। मैंने उनके लिए प्रार्थना की कि हे प्रभु! उनकी मदद करना। मेरी नाव भी पानी के साथ बह चली और मैं पानी की लहरों के साथ जीवन और मौत से जूझने लगा। मैंने हिम्मत नहीं हारी और हाथ-पैर मारते हुए तैरने की सतत कोशिश करने लगा।

कई बार लगा कि मैं डूब रहा हूं, लेकिन फिर अच्छी तरह हाथ-पैर चलाकर अपने को डूबने से बचा लेता। इस प्रकार तैरते-तैरते मैं थक चुका था। पर मैंने खुद को डूबने नहीं दिया। आखिर में मैं एक द्वीप के किनारे जा लगा। जब मैं गिरता-पड़ता सूखी जमीन तक पहुंचा, तब रात हो चुकी थी। मैं बुरी तरह हांफ रहा था, इसलिए मैं कुछ आराम चाहता था। अंत में मैं एक जगह लेट गया। लेटते ही मेरी आंख लग गई और मैं सो गया। इतनी गहरी नींद मैं कभी नहीं सोया था। जब मैं जागा तो सुबह हो चुकी थी।

मैंने जब उठने की कोशिश की तो मुझे अहसास हुआ कि उठना तो दूर मैं अपने आपको हिला भी नहीं पा रहा था; मैं पीठ के बल जमीन पर पड़ा था और इस दौरान न जाने किसने मेरे हाथ और पैर कसकर जमीन पर बांध दिए थे, लंबे बालों को भी उन्होंने तंबू की तरह जमीन में खूंटों से बांध दिया था। मैंने जब ध्यान से देखा तो पाया कि मेरा पूरा शरीर पतले-पतले धागों से बंधा हुआ था यह धागे देखने में तो पतले थे, लेकिन काफी पक्के थे। मुझे हर तरफ से इतनी पक्की तरह बांध दिया गया था कि मैं अपनी गर्दन जरा भी इधर-उधर नहीं हिला पा रहा था।

सवेरा होने के साथ ही सूरज सिर पर चमकने लगा था। सूरज की

गर्मी से मेरी आंखें दर्द करने लगीं। मुझे अपने आसपास किसी की आवाजें और चहलकदमी की आवाजें तो सुनाई दे रही थीं, लेकिन वे क्या चीजें थीं यह मैं नहीं देख पा रहा था। उन्होंने मुझे इस तरह से बांधा था कि मैं सिर्फ आसमान की तरफ ही देख पा रहा था। थोड़ी देर बाद मुझे अहसास हुआ कि मेरे हाथ पर कोई चीज चल रही है। हल्के-हल्के वह चीज मेरी छाती पर चढ़ आई। मैंने बड़ी मुश्किल से अपनी गर्दन को थोड़ा सा ऊपर की तरफ उठाकर उस चीज को देखने की कोशिश की और देखकर मैं हैरत में रह गया।

मैंने जो चीज अपनी छाती पर देखी वह इंसान तो था, पर इतना छोटा इंसान यह देखकर मेरे होश उड़ गए। मैंने अपने दिल को संभालते हुए एक बार फिर उसको देखा। वह महज छः इंच का छोटा सा इंसान था। अपने छोटे-छोटे हाथों में छोटा-सा तीर कमान लिए वह मेरी ही

छाती चढ़कर मेरे ही ऊपर कमान पर तीर चढ़ाए खड़ा था। इतनी ही देर में उसी तरह के तकरीबन चालीस से पचास आदमी मेरे ऊपर चढ़ आए, फर्क सिर्फ इतना था कि इस बार वे मेरे बाएं पैर से होकर मुझ पर सवार हो गए थे। मैं इसी कशमकश में घिरा हुआ था कि अचानक मुझे छींक आ गई मेरी छींक की आवाज सुनकर वे सब इतने डर गए, जैसे उन पर कोई पहाड़ टूट पड़ा हो, देखते ही देखते वे डरकर मेरे ऊपर से भाग गए।

अचानक मची इस भगदड़ में उनमें से कई लोगों को चोंटें भी आई। असल में वे लोग मेरे चेहरे को ठीक से देखना चाहते थे और इसी प्रयास में वे मेरे ऊपर बार-बार चढ़ रहे थे। जब मुझे इस बात का अहसास हुआ तो मैंने सोचा कि एक बार इनको इतना तो मौका दिया जाना चाहिए कि ये मेरे चेहरे को देख लें और इस बार मैंने उन्हें ये मौका दे दिया, जब उन्होंने मुझे ठीक से निहार लिया तो उनमें से एक अजीब सी भाषा में जोर से चीखा और साथ में छोटे हाथों को हवा में हिलाया, मैं कुछ समझ नहीं पा रहा था, लेकिन इतना जरूर आभास हो रहा था कि मैं जितना चकित उन्हें देखकर था उससे ज्यादा वे मुझे देखकर थे और साथ में उनके चेहरों पर डर साफ देखा जा सकता था।

काफी देर तक मैं चुप-चाप पड़ा रहा, पर ऐसी अवस्था में मैं कब तक पड़ा रहता, यही सोचकर मैंने खुद को हिलाने की कोशिश की और इसी कोशिश में मेरे आसपास लिपटे बहुत से धागे टूट गये। मैंने अपने एक हाथ को उन धागों से मुक्त कर लिया। इसके बाद मैंने अपने हाथ के सहारे से अपने बालों के बंधनों को भी तोड़ दिया। पर अभी भी कुछ धागे मेरे बालों को जकड़े हुए थे, परंतु अब मैं अपना सिर थोड़ा बहुत हिला सकता था।

वे छोटे भयभीत इंसान ये सब नजारा दूर खड़े होकर देख रहे थे,

लेकिन चाहते हुए भी वे मुझे नहीं रोक पा रहे थे। इसके बाद मेरे मन में आया कि अब मैं इनको करीब से देखूं और यही सोचकर मैंने उनको पकड़ने की कोशिश की। जब उन्होंने मेरा भारी भरकम हाथ अपनी तरफ आते हुए देखा तो उनमें भगदड़ मच गई। और वे मुझसे काफी दूर चले गए और खुद को मुझ पर हमला करने के लिए तैयार कर लिया। इस बीच मैं खुद को उनके बंधनों से आजाद करने की कोशिश करने लगा। उन छोटे-छोटे कितने ही लोगों ने कब आकर मेरे हाथों पर तीरों की बरसात करनी शुरू कर दी, पता ही नहीं चला। उनके ये तीर सुई जैसे थे, जो काफी पैने थे। वे मुझ पर लगातार तीरों से हमले कर रहे थे और ये तीर सुई की तरह चुभकर मेरे हाथों को घायल करने लगे और मैं दर्द से कराहने लगा। मेरी आवाज सुनकर वे थोड़ा सा फिर डरे और दूर भागने लगे।

मैंने खुद को फिर से आजाद करवाने की कोशिश की तो फिर से उनके हमले मेरे ऊपर होने लगे। अगर मैंने चमड़े का कोट न पहना होता तो मेरा पूरा शरीर घायल हो जाता। मगर उनमें से कुछ लोग इस बार छोटे-छोटे पैने भाले लेकर मुझ पर हमला कर रहे थे। मैं जब भी खुद को आजाद करवाने का प्रयास करता तो उनके हमले तेज हो जाते, इसलिए अंत में मैंने फैसला लिया कि मुझे इस वक्त इसी हालत में पड़े रहना चाहिए, यही मेरे लिए अच्छा होगा। दूसरे मुझे उन लोगों से ऐसा भी कोई डर नहीं था, क्योंकि उनका आकार ही इतना था कि वे सब मिलकर भी मेरा कोई खास नुकसान नहीं कर सकते थे; अब मैं काफी थकान महसूस करने लगा।

उन लोगों की मंशा न जाने क्या थी, उनकी भीड़ धीरे-धीरे मेरे आसपास इकट्ठा होने लगी। मैं समझ गया कि ये लोग मुझे ही देखने के लिए यहां पर आ रहे हैं। पर जल्दी ही वहां पर एक ऊंचा मंच बनाने

का काम होने लगा। जब मंच बनकर तैयार हो गया, तो उस पर एक आदमी चढ़कर खड़ा हो गया। इस बीच उन्होंने मुझे एक तरफ से रस्सियों से पकड़ से थोड़ा ढीला छोड़ दिया। अब मैं आसानी से उस मंच को देख सकता था। मंच पर खड़ा आदमी उन सबसे थोड़ी अलग वेशभूषा में नजर आ रहा था, शायद वह उनका सरदार था। मंच पर उसके पीछे कई सिपाही हाथों में भाले लिये तैनात थे।

इन आदमियों की लंबाई मेरी उंगली के बराबर थी। और वह मंच पर खड़ा आदमी उनसे थोड़ा-सा लंबा था। उसने अपनी उसी अजीब भाषा में काफी देर भाषण दिया और वह मेरी तरफ इशारा करके उन सबको कुछ बता रहा था। लेकिन मेरे लिए परेशानी वाली बात यह थी कि मैं उनकी इस भाषा का एक भी शब्द नहीं समझ पा रहा था और न वे ही मेरी भाषा को समझते थे। अ

ब मेरे सामने मुश्किल ये थी कि मैं उनको किस तरह से समझाऊं कि मैं उनको किसी तरह का नुकसान पहुंचाने नहीं आया हूं, बल्कि मैं तो ख़ुद ही कितनी परेशानियों का मुकाबला करके आया हूं। मैंने बहुत कोशिश करने के बाद उन्हें इशारों में समझाने का प्रयास किया कि मैं उनके लिए भयभीत होने की चीज नहीं हूं। पर मेरे सामने समस्या यह थी कि मैं उनको यह सब कैसे बताऊं। मुझे बहुत जोर से भूख भी लगी थी। मैंने उन्हें समझाने की कोशिश करते हुए अपने हाथ को बार-बार अपने मुंह की तरफ किया।

मुझे उम्मीद थी कि शायद वे इस तरह से मेरी बात को समझ जाएंगे। काफी देर प्रयास करने के बाद आखिर उनके सरदार की समझ में मेरी बात आ गई और उसने फौरन मेरे लिए खाना लाने का आदेश दिया। अब मुझे खाना खिलाना भी उनके लिए किसी चुनौती से कम नहीं था। पर उन्होंने सूझबूझ से काम लिया और मेरे मुंह के पास सीढ़ियां लगाई

गई और उन पर चढ़कर तकरीबन दो सौ लोगों ने मेरे मुंह की तरफ बढ़ाते हुए अपने हाथों में पकड़ी हुई छोटी-छोटी भोजन से भरी टोकरियां मेरे मुंह में पलट दी। इन टोकरियों में तरह-तरह का खाना था, जो वे मेरे मुंह में डालते जा रहे थे। पर मुझे अभी भी अपना पेट भरता नजर नहीं आ रहा था। वे लगातार भोजन मेरे मुंह में डालते जा रहे थे और साथ में हैरान भी थे कि उनकी कई टोकरियां मेरे मुंह में जाने के बाद भी मेरा मुंह खाली ही रहता था। खैर इस दौरान कुछ खाना मेरे पेट में गया, तो मुझे थोड़ा चैन मिला। जब मुझे लगा कि मेरा पेट कुछ भर गया है और साथ ही वे लोग भी थक कर चूर हो गए थे, जो मेरा पेट भर भरने में जुटे थे। तो मैंने उनसे इशारे से कहा कि मुझे पानी पानी चाहिए। अब उन्होंने मेरी प्यास बुझाने का प्रयास करना शुरू कर दिया और पानी से भरे बड़े-बड़े पीपों में पानी भरकर मुझे पिलाने लगे। वे पीपे शायद उनके यहां सबसे बड़ा बर्तन था।

उनमें अजीब टेस्ट का कोई पदार्थ भरा हुआ था जिसका स्वाद शराब जैसा था, पर इसका स्वाद मुझे अच्छा लगा। मैं उनके एक पीपे को एक ही घूंट में पी जाता, लेकिन एक-एक घूंट से मेरी प्यास बुझने वाली नहीं थी। वे भी समझ गए थे कि अभी मुझे और चाहिए, पर अंत में उन्होंने इशारे करके मुझे बताया कि अब उनके पास और नहीं है। अब उनकी भीड़ बिना डरे मेरे पास आने लगी, मेरे शरीर पर चढ़ते तो मुझे गुदगुदी लगती और मेरा मन करता कि इन्हें अपनी मुट्ठी में भरकर अपने ऊपर से नीचे फेंक दूं। लेकिन आखिर वे लोग मेरा भला ही कर रहे थे, यह सोचकर मैं रूक जाता। जब मुझे खिलाने पिलाने का काम खत्म हो गया, तो अंत में उनका सरदार मेरे पास आया जो मंच पर खड़ा भाषण दे रहा था।

सरदार और उसके कई आदमी मेरे पैर में लगी सीढ़ी के सहारे मेरे

ऊपर चढ़कर मेरी छाती तक आ गए। वे सब अब ठीक मेरी छाती पर खड़े थे और उनका सरदार एक दिशा में हाथ हिलाकर कुछ कह रहा था। मैंने अपनी भाषा में उससे बातें करने की कोशिश की, मगर वह कुछ नहीं समझ पाया। बाद में मुझे पता चला कि जिधर वह हाथ का इशारा कर रहा था, उस तरफ उस देश की राजधानी थी और वे शायद मुझे वहीं ले जाना चाहते थे।

अब मैंने इशारों से उसे समझाने की कोशिश की कि मैं इन बंधनों से आजाद होना चाहता हूं। लेकिन उसने अपनी गर्दन को न में हिलाकर इससे साफ इंकार कर दिया। वे किसी भी हालत में मुझे आजाद नहीं करना चाहते थे। उन्हें मुझसे डर था कि मैं कहीं उनके राज्य को तबाह न कर दूं। हमारी कुछ बातें संकेतों से होने लगीं, पर वे इन संकेतों को भी बड़ी मुश्किल से समझ पाते थे। सरदार ने मुझे बताया कि मैं उनके देश में एक कैदी हूं और मुझे कैदी की तरह ही राजधानी में ले जाया जाएगा। मैंने एक बार फिर से इन धागों को तोड़ने की कोशिश की तो वे फिर से तीर कमान लेकर मुझ पर हमला करने लगे और उनके इन हमलों से बचने के लिए मैंने एक तरह से अब खुद उनके हवाले छोड़ दिया था।

मैंने उन्हें यह भी बताने का प्रयास किया कि मैं उनको किसी प्रकार का नुकसान नहीं पहुंचाना चाहता हूं। पर यह देखकर मुझे बहुत आश्चर्य हुआ कि उनमें हमारी तरह संवेदनाएं भी हैं, क्योंकि अब उनके हमले बंद हो चुके थे और कुछ आदमी मेरे ऊपर चढ़कर मेरे जख्मों की मरहम-पट्टी कर रहे थे। मुझे नींद आ गई और मैं सो गया। मैं लगभग आठ घंटे तक सोता रहा।

मैं उनके देश में आया हूं यह खबर महल में उनके बादशाह को सैनिकों द्वारा मिल चुकी थी, बादशाह ने मुझे तुरन्त कैद करके अपने सामने पेश

करने का आदेश दिया। मुझे राजधानी मे किस तरह ले जाना है अब यह समस्या उन छोटे-छोटे पर बुद्धिमान लोगों के सिर थी। अब शुरू हुआ मुझे राजधानी में ले जाने का अभियान। इसके लिए सैकड़ों कारीगरों ने बड़ी मेहनत के साथ बहुत से पहिए लगाकर उस पर एक लकड़ी का तख्ता लगाकर एक गाड़ी तैयार की। अब समस्या यह थी कि मुझे इस गाड़ी पर किस तरह से लादा जाए। इसके लिए उन्होंने बड़ी मेहनत के साथ मेरे आस-पास ऊंचे-ऊंचे लकड़ी के खंबे लगाए और उनमें गिर्रियां फिट करके उनमें सैकड़ों मोटे धागे लगाए। इन धागों के दूसरे सिरे मेरे हाथ-पैर में बांध दिए गए।

अब धागों के दूसरे सिरों को गिर्रियों में डालकर सैकड़ों लोगों के द्वारा खींचा गया और इस तरह से मैं ऊपर उठता गया और जब मैं जमीन से तकरीबन दो फुट ऊंचा उठ गया तो मेरे नीचे वह लकड़ी की

गाड़ी खड़ी कर दी गयी और फिर धागों को ढीला करके मुझे गाड़ी पर लिटा दिया गया। इस प्रकार हजारों सैनिकों ने अपनी बुद्धि और बल से मुझे उस पर लाद दिया।

मैं यह सब होते हुए देख रहा था, पर नींद और उनके द्वारा पिलाई गई कनस्तरों शराब का नशा मुझ पर इतना छाया हुआ था कि खुद को उनके हवाले करने के अलावा कोई चारा भी तो नहीं था। करीब तीन-चार घंटे की कड़ी मेहनत के बाद वे मुझे गाड़ी पर लादने में सफल हुए थे। उसके बाद नगर पहुंचने का सफर शुरू हुआ।

चलते-चलते कब रात हो गई पता ही नहीं चला। काफिला जंगल से गुजर रहा था। रास्ते में बहुत मनोहर जंगल देखने को मिले। सूर्य डूबने लगा, लेकिन उनके देश की राजधानी कहीं दूर तक भी नजर नहीं आ रही थी। हम घने जंगलों में ही थे कि सूर्य देवता डूब गये।

उन लोगों द्वारा रात में यह निश्चय किया गया कि यहीं जंगल में पड़ाव डाला जाए। सुबह होते ही फिर से चल पड़ेंगे। मेरी गाड़ी को एक जगह पर खड़ा किया गया। मेरे आसपास सैकड़ों सैनिक पहरे पर लगाए गए, जिनके हाथों में छोटे-छोटे भाले-बरछे और तलवारें थीं। रात जैसे-तैसे कटी। जब सुबह हुई, तो फिर से सफर शुरू हो गया। अब मुझे फिर से भूख सताने लगी थी। शाम ढलने के साथ ही हम बादशाह के नगर में पहुंच चुके थे। बादशाह द्वारा अभी मेरा मुआयना करना बाकी था।

जब हम उस जगह पर पहुंचे, जहां पर बादशाह पहले से ही मुझे देखने के लिए अपने सैनिक बल के साथ मौजूद था, तो मुझे थोड़ी उलझन होने लगी, पर इसके साथ ही मैं बादशाह को देखने के लिए उत्सुक भी था। पर अभी उनके सामने एक समस्या यह थी कि आखिर मुझे कहां पर रखा जाएगा। पर शायद इसका बंदोबस्त उन्होंने पहले से ही कर रखा था। शहर के पास मौजूद पुराने मंदिर के पास एक जगह में मुझे रखने

का इंतजाम किया गया; यह जगह मेरे लिए एक बहुत निचली छत वाले कमरे के जैसी थी, पर यह शहर की सबसे बड़ी जगह थी और इसका दरवाजा सबसे ऊंचा जाना जाता था। दरवाजों की ऊंचाई मात्र चार फुट और चौड़ाई दो फुट रही होगी।

इस कमरे में दोनों तरफ एक-एक खिड़की मौजूद थी, जो बाहर का सारा नजारा साफ-साफ दिखा रही थी। मुझे उसके अंदर जाने का इशारा किया गया; मैं उसके अंदर चला गया। अंदर का नजारा भी काफी अजीब था। वहां पहले से ही मुझे जंजीरों में जकड़ने का लिए कई लौहार बैठे थे; इसके बाद मेरे हाथों और पैरों में जंजीरे डाली गई; ये जंजीरे इतनी पतली थीं कि मैं इन्हें एक झटके में तोड़ सकता था, पर मैं इनकी मेहनत को बेकार नहीं करना चाहता था। इसलिए मैं उनकी कैद में आ गया। बाद में मुझे लोगों ने बताया कि बादशाह भी यह सब नजारा दूर एक छत के छज्जे पर चढ़ा हुआ देख रहा था।

बौनों की गुलामी

जब मैं खड़ा हुआ तो अपने आस-पास का नजारा देखकर चकित रह गया। इतना सुंदर दृश्य मैंने पहले कभी नहीं देखा था। ऐसा लग रहा था कि एक बहुत सुंदर बाग के पास खड़ा हुआ हूं। वहां पर मौजूद खेत-खलिहान ज्यादा से ज्यादा तीस चालीस फुट लंबे-चोड़े थे, जो छोटी-छोटी फूलों की क्यारियां नजर आ रहे थे। इसके अलावा वहीं पर आस-पास घने जंगल भी मौजूद थे, जिनमें लगे पेड़ तकरीबन सात फुट ऊंचे रहे होंगे। जंगल के दूसरी तरफ एक खूबसूरत शहर बसा हुआ था, जो देखने में एक खिलौने की तरह लग रहा था, लेकिन वह कोई मॉडल नहीं, बल्कि सचमुच के जीते जागते इंसानों का गांव था। यह सब देखते-देखते मैं कुछ समय के लिए तो अपनी दुनिया को ही भूल गया था। फिर मुझे दूर से कोई अपनी तरफ आता दिखाई दिया। असल में वह उस देश का बादशाह था, जो अपने शानदार घोड़े पर सवार होकर मेरी तरफ चला आ रहा था। बादशाह के पीछे हजारों नौकर-चाकर उसकी जय-जयकार करते हुए आ रहे थे। अचानक बादशाह का घोड़ा मुझसे कुछ दूरी पर रूक गया और मेरा आकार देखकर काबू से बाहर हो गया। वह मुझे देखकर भड़क गया था और बादशाह को अपनी पीठ से गिराने का प्रयास करने लगा, पर बादशाह के नौकरों ने जल्दी से उसे काबू कर लिया। घोड़ा बहुत अच्छी नस्ल का था और काफी समझदार भी था। बादशाह का

ध्यान अपने घोड़े की तरफ कम और मेरी तरफ ज्यादा था। वह घोड़े पर सवार रहा। घोड़े पर बैठा-बैठा मेरे आस-पास घूमकर मुझे हर एंगल से अच्छी तरह देखने के लिए चक्कर काटने लगा, पर न जाने क्यों अपने घोड़े की तरह वह भी मेरी तरफ ज्यादा नजदीक आने की हिम्मत नहीं जुटा पा रहा था। घोड़े को एक बार फिर बिदकते देखकर सैनिक उस ओर दौड़े और उन्होंने घोड़े को काबू किया। इसके बाद बादशाह घोड़े से नीचे उतर गया और अपने सैनिकों के साथ मेरी ओर बढ़ा। पर अब भी वह मुझसे लगभग दस फुट की दूरी पर था।

इसके बाद जब मैंने अपने मुंह की तरफ इशारा करके कुछ खाने को मांगा, तो बादशाह ने मेरे लिए खाना लाने का आदेश दिया। इस बार वे समझ चुके थे कि मेरी खुराक कितनी है। उन्होंने उसी के अनुसार मेरे खाने का प्रबंध किया। देखते ही देखते भोजन की पचास गाड़ियां मेरे सामने आ पहुंची। मैंने पांच मिनट के अंदर ही उनको खाली कर दिया। अब बारी थी मेरी प्यास बुझाने की। मीठी शराब के बहुत सारे मटके मेरे मुंह में उलट दिए गए, अभी भी मुझे कुछ और खाने को चाहिए था। अब उन्होंने मुझे कुछ मीठा खिलाया। इसके बाद मुझे नींद आनी शुरू हो गयी। मुझे देखने के लिए वहां पर बादशाह की बेगम और शहजादे भी आए हुए थे, जो दूर से ही मुझे ताक रहे थे और बादशाह के कान में रह-रहकर कुछ कह रहे थे। अभी भी मैंने बादशाह को ठीक से नहीं देखा था। इसके लिए मैंने कई बार कोशिश की, पर अब वह मेरे ठीक सामने था। वह एक सुंदर और कम उम्र का बांका जवान था। उसकी पोशाक में हीरे जवाहरात जड़े हुए थे। सिर पर मुकुट और कमर पर लटकी म्यान में तलवार थी। कुल मिलाकर वह वहां मौजूद लोगों में सबसे आकर्षक और खूबसूरत नजर आ रहा था। वह मुझसे बार-बार कुछ कहने की कोशिश कर रहा था। परन्तु मुझसे कद में काफी छोटा होने की वजह से एक तो

उसकी आवाज मुझे साफ सुनाई नहीं दे रही थी, दूसरे वह जो भाषा बोल रहा था, वह मैं समझ नहीं पा रहा था। मुश्किल यह थी कि हम दोनों में से कोई एक-दूसरे की भाषा नहीं समझता था। बादशाह बहुत समझदार था। वह अपने साथ देश के कई बड़े-बड़े विद्वानों को लेकर आया था, ताकि मेरी भाषा को समझा जा सके। मैंने उनसे कई भाषाओं में बात की, जो मैं जानता था। पर उनकी समझ में उनमें से कोई भाषा नहीं आई। कई घंटे की मशक्कत करने के बाद भी हम एक-दूसरे की भाषा नहीं समझ सके। इसके बाद बादशाह ने वहां से चले जाना ही बेहतर समझा। मंदिर के आसपास अभी भी मुझे देखने वालों की भीड़ लगी हुई थी। बेगम और शहजादे मुझे देखने के लिए दोबारा वहां पर आ चुके थे। कुछ छोटे बच्चे मुझे खिड़की में से पत्थर फेंक कर मार रहे थे। मैंने हाथ निकालकर उनमें से चार पांच को सैनिकों के हवाले कर दिया। सैनिकों ने उनको वहीं पर बंदी बना लिया। उनमें से एक अभी भी मेरे हाथ में था, जिसे मैंने अपने कोट की जेब में कुछ देर के लिए डाल लिया। उसका दम न घुट जाए इसलिए मैंने उसे जेब से निकालकर अपनी हथेली पर रख लिया। धीरे-धीरे मैं उसे अपने मुंह की तरफ ले जाने लगा। जैसे मैं उसको खा जाना चाहता हूं। यह देखकर डर से उसकी घिघ्घी बंध गई। वहां मौजूद हर किसी का मुंह खुला का खुला रहा गया। वे सोच रहे थे कि मैं बस उसको खाने ही वाला हूं। मैंने अपनी हथेली धीरे-धीरे नीचे जमीन की तरफ बढ़ाई। उसको बड़े आराम से उठाकर मैंने जमीन पर रख दिया। अपनी जेब से पेंसिल छीलने वाला चाकू निकाला। इस बार तो वे और ज्यादा डर गए थे। मैंने उस चाकू से बंधक बनाए गए पांचों लोगों की रस्सियां काट कर उन्हें आजाद कर दिया। यह देखकर वहां पर खड़े सभी लोग जैसे मुझे प्यार भरी नजरों से देखने लगे। उन्हें यकीन हो गया था कि मैं उनको कोई नुकसान नहीं पहुंचाना चाहता हूं। अब वे

बड़े निडर होकर मेरे आसपास घूम रहे थे। पर मुझे छूने और मेरे ज्यादा करीब आकर मुझे किसी भी तरह से तंग करने की सख्त मनाही थी। धीरे-धीरे पूरे राज्य में मेरी अच्छी आदतों के चर्चे होने लगे और बादशाह के दरबार में भी मेरा नाम बड़े आदर के साथ लिया जाता था। कई दिन यूं ही गुजर गए थे। अब बादशाह मेरे आराम का पूरा ख्याल रखता था। उसने सैनिकों को आदेश दिया कि मुझे किसी तरह का कोई कष्ट न होने पाए। शुरू में तो मैंने जमीन पर सोकर ही गुजारा किया, क्योंकि मेरे बिस्तर का इंतजाम करना अभी काफी मुश्किल था। बाद में बादशाह ने आदेश देकर मेरे लिए एक आरामदायक बिस्तर तैयार करने का हुक्म दिया। मेरे लिए बिस्तर बनाने की प्रक्रिया शुरू हुई। छोटे-छोटे पचास गद्दे गाड़ियों में लादकर मेरे लिए लाए गए। फिर उनको एक के ऊपर एक रखकर सिलाई की गई। कई घंटों की मेहनत के बाद अब मेरे लिए एक आरामदायक बिस्तर तैयार हो चुका था। उन्होंने संकेत करके मुझे उस पर लेटने का आदेश दिया। मैं उस पर धीरे से लेटा तो उन लोगों की प्रसन्नता का ठिकाना नहीं रहा। उन्हें लगा कि उनकी मेहनत सफल हो गई है। पर सही मायनों में मेरे लिए यह बिस्तर अभी भी पूरी तरह से अनुकूल नहीं था। वह इतना मोटा नहीं था कि मैं जमीन पर आराम से लेट सकूं। पर मैंने उनकी प्रसन्नता के लिए उनको ऐसा आभास करवाया कि मुझे इस पर पूरा आराम है। इसके बाद मुझे सर्दी से बचाने के लिए सैकड़ों कंबलों को जोड़कर मेरे लिए एक बड़ा कंबल तैयार किया गया। बादशाह के पास मेरी हर हरकत की खबर पहुंच जाती थी। मैं क्या खाता हूं, कैसा व्यवहार करता हूं, ये सब बादशाह के दरबार में बताया जाता था। इस कारण मैं बादशाह की नजरों में एक अच्छी छवि वाला इंसान बन गया था। बादशाह मुझसे मिलने आया। मेरे काफी नजदीक आकर उसने मुझे छूने की कोशिश की और काफी देर तक मुझसे संकेतों

से बातें भी की। बादशाह के साथ उसका छोटा बेटा भी था, जो मुझे चुपके-चुपके छूकर देख रहा था, पर बीच-बीच में जैसे ही मैं ज्यादा जोर से हिलता-डुलता वह मुझसे डरकर काफी दूर भाग जाता था। अब दूर-दूर तक मेरे चर्चें होने लगे थे। पर अब मेरे आराम को ध्यान मे रखते हुए इस भीड़ को काफी हद तक कम कर दिया गया था। देखने में मैं उन लोगों से बिल्कुल अलग दिखाई देता था, इसलिए बादशाह ने दर्जियों को हुक्म दिया कि वे मेरे लिए इस राज्य के लोगों जैसे कपड़े तैयार करें; इसके लिए तीन सौ दर्जियों को मेरे लिए कपड़े तैयार करने का हुक्म दिया गया। पर मेरे लिए कपड़े तैयार करना उन छोटे-छोटे लोगों के लिए कोई आसान काम नहीं था। इधर तीन सौ दर्जी मेरे लिए बेहतरीन पोशाक तैयार कर रहे थे और दूसरी तरफ राज्य के सबसे बड़े पंडितों को मुझे उस देश की भाषा सिखाने की जिम्मेदारी सौंपी गई थी। इस बीच बादशाह का छोटा बेटा सैनिकों के साथ हमेशा मुझसे मिलने के लिए आया करता था। अब हमारे बीच काफी अच्छी दोस्ती हो गई थी। वह मेरी गोद में चढ़कर घंटों खेलता रहता था। बेशक अभी हम एक-दूसरे की भाषा नहीं समझ पा रहे थे, पर इसका हमारी दोस्ती पर कोई असर नहीं पड़ रहा था। कुछ समय बीतने के साथ ही मुझे उस देश की भाषा कुछ-कुछ समझ आने लगी थी। इस बीच बादशाह भी वहां आता और मेरी पढ़ाई-लिखाई देखकर खुश होता था। अब मैं बादशाह के साथ कुछ बातचीत कर सकता था। मैंने अभी तक उनकी जितनी भी भाषा सीख पाया था, उसके सहारे मैंने बादशाह के सामने अपनी रिहाई की इच्छा जाहिर की, पर बादशाह का कहना था कि वह बिना अपने दरबारियों की राय के ऐसा नहीं कर सकता।

इधर मैं दिन-ब-दिन उनकी भाषा में दक्ष होता जा रहा था और दूसरी तरफ मेरी समझदारी और अच्छे व्यवहार के चर्चे राजमहल के अलावा

जनता के बीच भी होने लगे थे। इस बीच मेरे लिए एक खूबसूरत पोशाक तैयार हो चुकी थी। पर वह पोशाक मुझे देने से पहले मुझसे मेरी तलाशी देने के लिए कहा गया। उन्हें अंदेशा था कि मेरे पास कुछ खतरनाक हथियार हो सकते हैं। मैं भी उनके व्यवहार से काफी प्रभावित हो चुका था, इसलिए मैंने खुशी-खुशी अपनी तलाशी देने की इच्छा जाहिर कर दी। बादशाह ने अपने दरबार से दो आदमियों को चुना, जो मेरी तलाशी लेने वाले थे। वे मेरे नजदीक आए पर मेरी तलाशी लेना उनके लिए असंभव था। इसलिए मैंने उनकी मदद करने का फैसला किया। मैंने उन दोनों को उठाकर अपने कोट की जेबों में रख लिया। मैंने उन्हें अपनी पूरी तलाशी दी, सिवाए एक जेब के। वे दोनों आदमी अपने हाथ में कागज-कलम लेकर एक सूची तैयार करने में जुट गए। उन्होंने मेरी जेबों में जो कुछ देखा उसे दर्ज करना शुरू कर दिया। अब उस सूची को बादशाह के सामने पढ़कर सुनाया गया।

जो इस तरह थी –

सबसे पहले हमें इस पहाड़नुमा आदमी की तलाशी लेने में बहुत परेशानी का सामना करना पड़ा, पर इसने हमारी काफी मदद की और इसकी मदद से हम इसकी पूरी तरह से तलाशी लेने में कामयाब हो सके। इस चट्टान से आदमी की दाहिनी जेब में हमने बहुत खोजबीन के साथ एक कपड़े का टुकडा पाया, जो लगभग बादशाह के दरबारवाले कमरे की कालीन के बराबर होगा। इसी जेब में हमें एक गोल-गोल चीज मिली जिसकी एक तरफ रंगीन पत्थर जड़ा हुआ है। हमारे राज्य की महिलाएं जिस तरह का गहना अपने गले में पहनती हैं, ये उस तरह का लग रहा था। बाईं जेब में एक बहुत बड़ा चांदी का संदूक मिला, जो बहुत भारी था जिसे हम दोनों मिलकर भी नहीं उठा सके। हमने संदूक खोला और हमारा एक साथी उसके अंदर उतरा। इस संदूक में काफी धूल भरी

हुई थी। उस चट्टाननुमा आदमी ने जब उस धूल को अपनी फूंक से हटाने की कोशिश की तो लगा मानों धूल भरी आंधी चल रही हो, वह धूल हमारी आंखों और नाक में घुस गई, जिससे हमें छींकें आनी शुरू हो गई। इस संदूक में हमें पेड़ का एक बहुत बड़ा पत्ता मिला, जिसके ऊपर लाल और सफेद रंग के कुछ मसाले लगे हुए और कुछ घासनुमा चीज चिपकी हुई थी।

उसकी दाहिनी जेब में हमें एक पतली-सी सफेद चीज का एक बड़ा भारी बंडल मिला, जो मजबूत रस्सियों के साथ बंधा हुआ था। खोलने पर पता चला कि वह कोई चिट्ठी है, जिसमें उसकी भाषा में कुछ लिखा हुआ था। उस भाषा के अक्षरों का आकार हमारी हथेली की बराबर था।

उसकी बाईं जेब में एक मशीननुमा कोई चीज थी, जिसमें बीस खंबे लगे हुए थे। हमारे हिसाब से यह बाल संवारने का कोई उपकरण हो सकता है। उसकी पेंट की दाहिनी जेब में हमें एक खोखली खंबेनुमा चीज मिली। इसकी लंबाई एक आदमी के बराबर होगी। इसमें पीछे लकड़ी का एक बड़ा भारी कुंदा लगा हुआ था। हमारी समझ नहीं आया कि यह क्या चीज है? इसी के साथ एक बड़ी डिबिया भी हमें मिली, जिसे काफी मशक्कत के बाद खोलने पर उसमें बहुत-सी लंबी-लंबी तीलियां रखीं हुईं थी।

इन तीलियों के एक तरफ कोई गोल काली चीज लगी हुई थी, जो इंसान के सिर जैसी गोल थी। उस चट्टाननुमा आदमी ने इशारों से हमें बताया कि वह कोई चीज है, जिससे आग पैदा होती है। बाईं जेब में एक और मशीननुमा कोई चीज थी। दाहिनी ओर की नीचे वाली छोटी जेब में रंग-बिरंगे धातु के कई गोल और चपटे टुकड़े थे। इनमें से कुछ टुकड़े, जो शायद चांदी के थे, इतने भारी थे कि हम दोनों मिलकर भी नहीं उठा सके।

दाईं ओर की जेब में दो खंबे थे। बड़ी मुश्किल से हम लोग उन पर चढ़े; पहले तो हमें लगा कि ये किसी एक ही चीज के बने हुए हैं। लेकिन उन पर चढ़कर देखने पर हमें पता चला कि उनमें लोहे की बड़ी चादरें लगी हैं। हमें लगा कि ये कोई खतरनाक चीजें हैं, इसलिए हमने उससे इनके बारे में पूछा। उसने इसके बारे में हमें बताया कि उसके देश में इनमें से एक चीज से दाढ़ी बनाई जाती है और दूसरी से खाने की चीजों को काटकर खाया जाता है।

इसके अलावा उसके पास दो और जेबें थीं, इनमें घुसना हमारे लिए संभव नहीं था, क्योंकि ये बहुत तंग और छोटी थीं, इसलिए इनके अंदर घुसने पर हमारा दम घुट सकता था। इनमें से एक जेब में चांदी की जंजीर में एक इंजन बंधा हुआ लटक रहा था, जो आधा तो चांदी की धातु से बना हुआ था और उस पर कोई ऐसी चीज चढ़ी हुई थी, जिसके आर-पार देखा जा सकता था। इसमें दो खंबे एक धूरी पर बहुत धीरे-धीरे घूम रहे थे। हमने इसे बाहर निकालने का आग्रह किया, यह बड़ा भारी गोला था। इसके अंदर किसी भाषा के चिह्न बने हुए थे। हमने उसके अंदर के उन निशानों को छूने का प्रयास किया, पर उस आर-पार देखने वाली पारदर्शी वस्तु के कारण हमारी उंगलियां उसको छू नहीं सकीं।

उसने हमारे कानों के पास उस इंजन को लगाया, तो इसमें से भयंकर और तेज आवाज निकल रही थी। जैसे कोई इंजन हमारे कानों के पास से गुजर रहा हो। यह आवाज उस इंजन में से अपने आप आ रही थी और उसके अंदर लगे वे खंबे भी धीरे-धीरे खुद आगे की तरफ खिसक रहे थे। हमें लगता है कि वह या तो कोई अजीब जानवर है, जिसे इस चट्टानुमा आदमी ने इस धातु की रस्सी से बांध कर अपनी जेब के अंदर रख रखा है या फिर यह उसका देवता है, जिसकी वह रोज पूजा

करता है, क्योंकि उसने हमें बताया कि वह इसको देखे बिना कोई काम नहीं करता है। पहरेदारों ने भी हमें बताया कि यह उसका देवता ही है, क्योंकि वह हर सुबह उसको अपनी जेब से निकालकर उसके दर्शन करके वापस उसको अपनी जेब में रख लिया करता है।

इस तरह से बादशाह के कहे अनुसार इस आदमी की पूरी तलाशी ले ली गई है। इसके अलावा उसकी कमर से एक बहुत बड़ी चीज बंधी हुई है, जिसके आगे की तरफ एक धातु का गोल आकार का एक यंत्र लगा हुआ है, जिसमें एक धातु का ही खंबा है। यह शायद चमड़े का बना हुआ था। कमर पर बंधी इस पेटी में दाहिनी ओर एक बड़ा-सा बोरा बंधा है, जिसमें दो खाने हैं।

इस बोरे के एक कोने में किसी वजनी धातु के बने हुए गोले हैं, जो हमारे सिर के बराबर आकार के होंगे। दूसरे खाने में न मालूम किस चीज के बहुत-से काले-काले दाने भरे हुए हैं, जो काफी हल्के मालूम हुए और जिन्हें हमने अपनी मुट्ठी में आसानी से भर लिया।

इस तरह से हम दोनों ने इस चट्टाननुमा आदमी की अच्छी तरह से तलाशी ले ली। इस आदमी के पास से जो कुछ भी पाया गया है, फेहरिस्त बादशाह के सामने पेश कर रहे हैं। अब हुजूर ही आसानी से अंदाजा लगा सकते हैं कि इस आदमी के पास कौन-सी वस्तु खतरनाक है और कौन सी नहीं?

बादशाह ने काफी ध्यान से इस फेहरिस्त को सुना और मेरे पास आकर मुझे बड़े विनम्र भाव से हुक्म दिया कि मैं अपनी उन चीजों को भी उनके हवाले कर दूं, जो उन दो आदमियों द्वारा बताई गई हैं। उसके बाद मुझे तीन-चार हजार सिपाहियों ने चारों ओर से अपने छोटे-छोटे तीर-कमानों के साथ घेर लिया। मुझे उन तीरों के घाव याद आ गए जो उन्होंने मेरे ऊपर चलाए थे, जब मैंने उनके बंधनों को तोड़ने की कोशिश की थी। इस समय

बादशाह मेरे बिल्कुल सामने खड़ा था। उसने सबसे पहले मुझसे मेरी कमर में बंधी तलवार को सिपाहियों के हवाले करने का आग्रह किया। पानी में भीगने के कारण उसमें कुछ जंग जरूर लग गई थी, पर वह अब भी काफी चमक रही थी। तलवार म्यान से निकालते ही वहां पर तैनात खड़े सिपाहियों में भगदड़ मच गई। लेकिन बादशाह के लिए भागना मतलब डर जाना था और बादशाह एक बहादुर वीर था इसलिए वह घबराया नहीं।

उसने मुझसे कहा कि मैं इस तलवार को सैनिकों को न दूं, बल्कि दस फुट की दूरी पर फेंक दूं। मैंने तलवार को दस फुट की दूरी पर रख दिया। उसके बाद वे लोग जो डर कर वहां से काफी दूर भाग गए थे, आगे आकर फिर से मेरे पास आकर खड़े हो गए। इसके बाद उसने उन खोखले खंबों को निकालने के लिए कहा। उसका मतलब मेरी बंदूक से था। मैंने अपनी बंदूक निकाली। मेरी जेब में एक थैली में बारूद भी मौजूद था।

मुझे कुछ मस्ती सूझी और मैंने बादशाह से कहा कि मैं इस बंदूक का कारनामा आपको दिखाना चाहता हूं। बादशाह नहीं जानता था कि मैं क्या करने वाला हूं? मैंने आसमान की ओर पिस्तौल का मुंह किया और घोड़ा दबा दिया। बंदूक के तेज धमाके को सुनकर वहां पर लोगों में अफरा-तफरी मच गई। धमाका सुनकर सिपाही जमीन पर लेट गए, कई पेड़ों की ओट में छुप गये। बादशाह भी इस बार काफी घबरा गया था। पर उसने खुद पर काबू करते हुए अपने आपको बड़ी मुश्किल से संभाला।

उसके बाद मुस्कुराते हुए मैंने अपनी बंदूक और पिस्तौल उन लोगों को सौंप दी। गोलियां और बारूद भी बादशाह के कहने पर मैंने सिपाहियों के हवाले कर दिया। मैंने बादशाह को साथ में यह भी समझा दिया था

कि यह बहुत खतरनाक चीज है, इसको आग से अलग रखना वरना पूरे महल में आग लग सकती है। फिर मैंने अपनी वह घड़ी भी बादशाह के हवाले कर दी, जिसे अभी तक वे लोग मेरा भगवान समझ रहे थे। उसमें लगी सुईयों को देखकर और अपने आप टिक-टिक कर रही आवाज को सुनकर वे लोग अचंभित हो गए।

इसके बाद मैंने अपना बटुआ भी उसे सौंप दिया। मेरे इस बटुए में सोने की कुछ मोहरें और कुछ सिक्के थे। मैंने अपना छोटा चाकू, रूमाल, सुंघनी की डिब्बी, उस्तरा, कंघा और डायरी भी उनके हवाले कर दी। लेकिन ये तमाम चीजें मुझे वापस दे दी गईं। सिर्फ मेरी तलवार और बंदूक, पिस्तौल तथा बारूद की थैली ही गाड़ियों में लादकर बादशाह के सबसे बड़े तहखाने में पहुंचा दी गईं और उनकी सुरक्षा के लिए कुछ सैनिकों को नियुक्त कर दिया गया।

अब मेरे पास वे दो गुप्त जेबें थीं जिनकी मैंने तलाशी नहीं दी थी। इसमें मेरा चश्मा, मेरी कलम, आईना और कुछ जरूरी सामान था। इन चीजों को मैं उनके हवाले नहीं करना चाहता था, क्योंकि इनके खराब होने का डर था। मुझे दूर की चीजें देखने के लिए अक्सर चश्में की जरूरत पड़ती थी और अपने आईने में देखकर मैं अपने बाल संवारा करता था।

मेरे इस व्यवहार से बादशाह काफी खुश नजर आ रहा था। अब मैंने उसका विश्वास पूरी तरह जीत लिया था। इसके बाद मेरे लिए वह सुंदर पोशाक लाई गई, जिसे तकरीबन चार सौ दर्जियों ने तैयार किया था।

ये पोशाक वाकई बहुत संदर थी। जब मैंने इस पोशाक को पहना तो बादशाह बाहर खड़ा इंतजार कर रहा था। उसके साथ उसका वह नन्हा बेटा भी था, जिससे अब मेरी बहुत अच्छी दोस्ती हो चुकी थी। जैसे ही मैंने मंदिर का दरवाजा खोला, वहां पर मौजूद बादशाह, सेना

और आम लोगों में बहुत जोर-जोर कुछ बातें चलने लगीं। शायद मैं उन्हें उस पोशाक में बहुत अच्छा लग रहा था। हर कोई मेरी तरफ चमकती आंखों से देख रहा था और हँस रहा था। मैंने आपना आईना निकाला और देखा वाकई मैं काफी सुंदर दिखाई दे रहा था और अब मैं पूरी तरह से उसी राज्य का निवासी लग रहा था।

आज़ादी की जंग

बादशाह को शायद अब यह अहसास होने लगा था कि मुझे भी जिंदा रहने के लिए आजादी चाहिए। इस तरह वे मुझे कब तक कैद करके रख सकते थे। इसलिए अब मुझे उस मंदिर से बाहर निकलने की भी इजाजत दे दी जाती थी और मुझे जंजीरों से भी आजाद कर दिया गया। एक दिन बादशाह ने मेरा मनोरंजन करने के लिए खेल-कूद और तमाशों का आयोजन किया। उस राज्य के अच्छे से अच्छे खिलाड़ियों और करतब करने वालों को बुलाया गया।

इन तमाशा करने वालों ने एक से एक बढ़िया खेल दिखाया, जिन्हें देखकर मैं वाकई दंग रह गया। रस्सी पर आंखें बंद करके चलना वाकई लगता वह नन्हा आदमी रस्सी से अब गिरा तब गिरा। यह रस्सी हमारे सिलाई के धागे जिससे हमारे कपड़े सिले जाते हैं, से थोड़ी ही मोटी थी। इस धागे को लगभग दो फुट लंबाई में ताना गया और जमीन से इसकी ऊंचाई लगभग बारह से पंद्रह इंच रखी गयी। रस्सी पर खिलाड़ी तरह-तरह के करतब और नाच दिखाकर मेरा मनोरंजन करते और स्वयं भी गौरवान्वित समझ रहे थे।

दरबार में अच्छा ओहदा पाने के लिए ये अपनी जान की भी परवाह नहीं कर रहे थे। इनमें से कोई भी कलाकार अगर जरा सा भी वह अपना संतुलन खोता तो कई फुट नीचे गिर सकता था, जिससे उसकी छोटी सी जान भी जा सकती थी। मुझे डर था कि कहीं उसका संतुलन न बिगड़

जाए, मैं अपने दोनों हाथों को इस मुद्रा में रखे हुए बैठा था कि अगर वह गिरे भी तो मेरे हाथों में आकर गिरे, जिससे उसे चोट न लगे। साल में एक ही बार इस तरह का आयोजन होता था, इसलिए उनमें अच्छे से अच्छा खेल बादशाह के सामने पेश करने की होड़ लगी रहती। पर इनमें से कुछ ही खुश किस्मत होते जो इस रस्सी से बिना गिरे करतब दिखा पाते थे। इस खेल में घायल होने से लेकर जान तक जाने का डर बना रहता था। कई खिलाड़ी तो मेरे सामने रस्सी से गिरकर घायल हो चुके थे, जिनमें से मैंने एक को हवा में ही पकड़ने की कोशिश की, पर बादशाह ने मुझे ऐसा न करने का आदेश दिया, क्योंकि बादशाह की नजर में खेल में हस्तक्षेप करना अपराध था।

इसके बाद मैंने ऐसा कोई प्रयास किया भी नहीं। कुछ भी हो मैं उनके इन करतबों से दंग रह गया था। लगता था कि ये लोग इस कला में पूरी तरह दक्ष थे। ऐसा सुनने में आया था कि इन करतबों को दिखाने के पीछे राजदरबार में कोई अच्छा ओहदा पाना था। जब भी कोई पद हासिल करने की बात होती तो इन करतबों को दिखाने का आयोजन किया जाता और इनमें से कुछ चुनिंदा लोगों को राजदरबार में काम दिया जाता था। इन खेलों में एक खेल जो मुझे काफी पसंद आया वह था एक गोल पहिए में से होकर गुजरना और इसमें यह शर्त थी कि कतरब करने वाले का शरीर उस पहिए से बिल्कुल भी छुए न।

इन खेलों के अलावा एक और खेल तो पूरी तैयारी के साथ खेला जाता था, उसे बादशाह के खास महल में खेला जाता था। इस खेल में बादशाह की भी भागीदारी होती थी। इस खेल में सबसे पहले बादशाह एक मैदान में तीन छड़ियां जमीन में गाड़ने का आदेश देता है। इन छड़ियों के सबसे ऊपरी किनारे पर नीला, हरा और लाल रंग का एक-एक रेशम का धागा बांध दिया जाता है। अब कुछ चुनिंदा खिलाड़ियों की

आंखों पर पट्टी बांधकर इस मैदान में छोड़ दिया जाता। इस खेल में भाग लेने वाले खिलाड़ियों को तब तक एक कमरे में रखा जाता था, ताकि उन्हें यह पता न चले कि ये छड़ियां मैदान में किस-किस जगह पर लगी हैं। इस खेल में नियम यह था कि इन छड़ियों को ढूंढने की प्रक्रिया में यदि मैदान में मौजूद खिलाड़ी दूसरे खिलाड़ी से टकरा जाता है, तो उन दोनों खिलाड़ियों को उसी अवस्था में आपस में युद्ध करना होता। जो भी हार जाता वह इस खेल से बाहर हो जाता। इस तरह जो खिलाड़ी नीला धागा हासिल कर लेता उसे राजदरबार में बड़ा ओहदा और हरा धागा हासिल करने वाले को दूसरा दर्जा और इसी तरह से लाल धागा हासिल करने वाले को तीसरा दर्जा दिया जाता था। इस धागों को ये अपनी कमर से बांधकर रखते थे। इस तरह के लोग अक्सर राजमहल में दिखाई देते थे।

इस तरह दिन कट रहे थे। अब मेरा मन कैद से उब चुका था और आजाद होने की इच्छा मेरे अंदर जाग चुकी थी। लेकिन राजमहल में हुए उन करतबों को देखकर मेरे मन में भी बादशाह के सामने कुछ खेल और करतब दिखाने की इच्छा जागी। मैंने बादशाह के सामने अपनी इच्छा जाहिर की। बादशाह इसके लिए फौरन तैयार हो गया। एक मैदान में मेरे खेल के लिए पूरा बंदोबस्त किया गया।

मैंने खेल दिखाना शुरू किया। पहले मैं अपने दोनों हाथों को जमीन पर टिका कर हाथों के बल उल्टा खड़ा हो गया। मैं लगभग शीर्षासन की अवस्था में था। यह मेरे लिए काफी आसान था। मेरा यह खेल देखकर वहां मौजूद सभी लोगों ने अपने दांतों तले उंगलियां दबा लीं। उनकी सांसें तब तक रूकी रहीं जब तक मैं वापस अपने पैरों पर खड़ा नहीं हो गया। इस समय बादशाह का छोटा बेटा भी अपने पिता के साथ बैठकर मेरे करतबों का मजा उठा रहा था।

उसकी तालियों और खिलखिलाकर हंसने से यह साफ था कि वह मेरे खेल को देखकर बहुत खुश है। इसके बाद मैंने डेढ़ फुट लंबी कुछ छड़ियां जो मैंने बादशाह से पहले ही आग्रह करके मंगवा ली थी उन्होंने उठाया। मैंने आठ छड़ियों को जमीन में इस तरह गाड़ा कि ढाई वर्ग फुट का एक घेरा बन गया। इसके बाद इनमें से चार छड़ियों को मैंने एक-एक कोने पर जमीन से दो फुट की ऊंचाई पर बांध दिया। इन छड़ियों पर मैंने अपने रूमाल को तान कर बांध दिया। अब यह एक मंच की तरह दिखाई दे रहा था। इस मंच पर मैं क्या करने वाला हूं हर कोई यह देखने के लिए अपनी आंखें बिना झपकाए मेरी हर हरकत को देख रहा था। भीड़ से कुछ लोगों को उठाकर मैंने इस मंच पर रख दिया। इतनी ऊंचाई पर पहुंचकर ये लोग डर भी रहे थे और खुश भी हो रहे थे। कुछ देर बाद मैंने उन्हें नीचे उतारकर रख दिया। अब मैंने

बादशाह के कुछ चुनिंदा सैनिकों और उनके घोड़ों को इस मंच पर बिठा दिया। जहां पर इन्होंने अपने कतरब दिखाए। बादशाह मेरे इन करतबों को देखकर बहुत खुश हुआ। मैं और भी खेल दिखाना चाहता था पर उसके लिए उस राज्य में वह सामग्री मौजूद नहीं थी जो इस खेल में जरूरी थी। इस खेल में मेरा रूमाल पूरी तरह फट चुका था। पर मुझे अपने रूमाल की कोई परवाह नहीं थी, क्योंकि बादशाह ने मुझे आज मेरी वह चीज वापस दी जो इतने दिनों तक कहीं गुम थी। बादशाह ने बताया कि हमारे राज्य के कुछ लोगों ने आकर हमें यह खबर दी कि जहां पर उस चट्टाननुमा आदमी को पहले-पहल कैद करके रखा गया था, वहां पर एक काली-सी गोल आकार की भारी चीज पड़ी है। इसकी अच्छी तरह से जांच-परख करने के बाद पता चला कि यह कोई डरावनी या जीवित चीज नहीं है।

अंत में यह अंदाजा लगाया गया कि यह चीज तुम्हारी ही हो सकती है, क्योंकि तुम्हारे यहां आने से पहले इस चीज को भी पहले कभी यहां पर नहीं देखा गया था। तुम्हारी इस चीज को कई घोड़ों की मदद से यहां तक लाया गया है। अब तक मैं समझ चुका था कि बादशाह किस चीज के बारे में बात कर रहा था। वह मेरा हैट था, जो मेरे सिर से गिरकर कहीं गुम हो गया था। मेरे इस हैट को बड़े सम्मान के साथ मुझे लौटाया गया।

बादशाह ने पूछा कि आखिर यह काली सी चीज है क्या? मैंने बिना कुछ बोले हैट को अपने सिर पर रखा और झुककर बड़े अदब के साथ बादशाह को सलाम पेश किया। बादशाह को मेरा यह अंदाज बहुत पसंद आया। उसने भी अपने राजसिंहासन से उठकर मुझे सलाम का जवाब दिया। अब तक बादशाह समझ चुका था जिस तरह हम अपने सिर पर

मुकुट पहनते हैं, उसी तरह ये चट्टाननुमा आदमी अपने सिर पर इस काली भारी चीज को पहनकर रखता था।

मैं कैद में रहते-रहते बहुत दुःखी हो चुका था। अपनी रिहाई के लिए मैंने बादशाह के नाम कई अर्जियां लिखीं, जिनमें मैंने अपने अच्छे व्यवहार का हवाला देते हुए अपनी रिहाई की गुजारिश की थी। बादशाह ने मेरी इन अर्जियों पर कार्यवाही करते हुए एक बैठक बुलाई, जिसमें बादशाह के बहुत खास और करीबी दरबारियों के अलावा सेना के बड़े अधिकारी और दरबार के बुद्धिमान लोगों को शामिल किया गया था। हर किसी का यह मत था कि मुझे रिहा कर दिया जाए। मेरी रिहाई का विरोध सेना के बड़े कप्तान को छोड़कर और किसी ने नहीं किया। बादशाह ने इस इस पर सुरक्षा विशेषज्ञों की भी राय ली, उन्हें भी मेरी रिहाई पर कोई आपत्ति नहीं थी। कप्तान को भी जब सबने समझाया तो मुझे रिहाई की इजाजत तो मिल गई पर कुछ शर्तों पर।

जब इन शर्तों को तैयार करके एक कागज पर दर्ज कर दिया गया तो मुझे शपथ के लिए बुलाया गया। मैंने उनके रीति रिवाजों के मुताबिक इन शर्तों को मानने की शपथ ग्रहण की। उस देश की परंपरा के मुताबिक मुझे एक टांग पर खड़े होकर दूसरी टांग को मोड़कर अपनी जांघ तक लाना था। अपने दाहिने हाथ को अपने सिर पर रखकर इसी अवस्था में एक हाथ को हवा में लहराकर शपथ लेनी थी। उनके देश में शपथ इसी तरह से ली जाती थी। अब मुझे जिन दस शर्तों को पूरी तरह से मानना था वे थीं –

1. यह चट्टाननुमा इंसान हमारी इजाजत के बिना देश की सीमा के बाहर कदम भी नहीं रखेगा।
2. बिना शाही हुक्म के ये किसी शहर में नहीं घुसेगा और इस

चट्टाननुमा इंसान के आने से दो घंटे पहले सड़कों को खाली करवा दिया जाएगा।

3. चट्टानी इंसान किसी खेत या खलिहान में घुसकर फसल आदि को नुकसान नहीं पहुंचाएगा और बस्ती के बाहर ही रहेगा।
4. बस्ती के बाहर की सड़कों पर घूमते हुए वह राज्य के किसी निवासी को कोई नुकसान नहीं पहुंचाएगा और न ही बिना इजाजत के किसी को अपने हाथ में उठाएगा। राज्य के घोड़ों या संपत्ति का कोई नुकसान नहीं करेगा।
5. युद्ध की स्थिति या किसी प्रकार की आपात स्थिति में यह हमारी फौजों की मदद करेगा।
6. यदि कोई बहुत जरूरी संदेश तुरंत कहीं पर पहुंचाना होगा, तो यह इंसानी चट्टान कोई भी सवाल पूछे बिना हमारे हरकारे को अपनी जेब में रखकर उस जगह तक पहुंचाने और फिर वापस लाने का काम करेगा।
7. खाली समय में यह खेतों की सिंचाई, मकान बनाने में मदद और भारी पत्थरों को ढोने का काम करेगा।
8. पड़ोसी देश ब्लेफुस्कू द्वीप में रहने वाले हमारे दुश्मन हम पर हमला करने के लिए जो जहाजी बेड़ा तैयार कर रहे हैं, उसे यह चट्टानुमा इंसान नुकसान पहुंचाएगा।
9. यह चट्टानी इंसान हमारे पूरे देश का चक्कर लगाकर एक नक्शा तैयार करके हमारे समुद्री किनारे की लंबाई-चौड़ाई नापकर बताएगा।
10. किसी भी समय इस चट्टानी इंसान को राज्य की मदद के लिए बुलाया जा सकता है। इसलिए इसे हर समय तैयार रहना होगा।

अंत में, अगर सभी शर्तों को यह चट्टानी इंसान पूरा करेगा तो इसे रोज खाने-पीने के लिए इतना सामान दिया जाएगा, जो हमारे 1728 देशवासियों के लिए काफी होगा। इसके अलावा इसे बादशाह से मिलने की भी छूट होगी।

मुझे इन शर्तों को मानने से कोई परहेज नहीं था। नौ-सेना का कप्तान न जाने क्यों मेरे खिलाफ था? उसके कारण मुझे भविष्य में परेशानियां उठानी पड़ सकती थीं। इसके बाद मेरी जंजीरों को खोलकर मुझे आजाद कर दिया गया।

अब मैं बहुत खुश था और इस आजादी का पूरा मजा उठा रहा था।

अकेले ने जीता सारा देश

ब्लेफुस्कू साम्राज्य लिलिपुट के उत्तर-पूर्व में एक द्वीप पर बसा था। दोनों देशों के बीच वर्षों से ही कुछ अनबन चल रही थी। इन दोनों देशों को आठ सौ गज की एक खाई अलग करती थी, जो इन दोनों देशों के बीच सरहद का काम भी करती थी। मैंने उस साम्राज्य को अभी तक देखा तो नहीं था, लेकिन अपनी कल्पना में मैंने उसका चित्र खींच लिया था। जब से मैंने दोनों देशों के बीच युद्ध होने की बात सुनी थी तब से मैंने उस तरफ का रूख भी नहीं किया था कि कहीं मेरी वजह से इन दोनों देशों के बीच दुश्मनी और ज्यादा न बढ़ जाए। शत्रु देश के जहाजों को दूर से ही अक्सर पानी में चक्कर लगाते देखा जा सकता था। मैं नहीं चाहता था कि उनको मेरे इस देश में होने की खबर भी हो। दोनों देशों के बीच शत्रुता इतनी ज्यादा थी कि एक दूसरे के देश में क्या हो रहा है, इसका आसानी से पता लगा पाना बहुत मुश्किल था।

मैंने लिलिपुट के बादशाह को बताया कि मैं शत्रु के जहाजी बेड़े को पकड़कर लाने की योजना बना रहा हूं। हमारे गुप्तचरों ने पता लगाया है कि शत्रु के ये बेड़े अपने बंदरगाह में लंगर डाल कर बैठे हैं। वे मौसम अच्छा होने का इंतजार कर रहे हैं। वे मौसम अच्छा होते ही अचानक हम पर हमला कर सकते हैं। मैंने लिलिपुट के पुराने जहाजियों और मल्लाहों से पता लगाया है कि खाड़ी की गहराई ज्यादा से ज्यादा कितनी होगी।

Swati
2013

उन्होंने बताया कि खाड़ी बीच में ज्यादा-से-ज्यादा बीस ग्लम-ग्लफ गहरी है। हमारी नाप के मुताबिक यह तकरीबन छः फुट की गहराई होगी।

एक दिन मैं उत्तर-पूर्व के किनारे से होकर ब्लेफुस्कू की ओर बढ़ गया। खाढ़ी को पार करने में मुझे कोई खास दिक्कत नहीं होने वाली थी। लेकिन इस सबसे पहले मैंने हर तरह से सोच-विचार किया और हर स्थिति पर गहराई से विचार किया। बादशाह ने मुझे इसकी इजाजत दे दी। मैं एक पहाड़ी के पीछे छिप गया और अपना चश्मा पहनकर मैं शत्रु के जहाजी बेड़े का निरीक्षण करने लगा। मैंने देखा वहां पर एक-दो नहीं बल्कि बहुत सारे जहाज थे। लगता था शत्रु देश बहुत समय से हमारे ऊपर आक्रमण करने की तैयारी कर रहा था। इनमें से कुछ जहाज लड़ाकू थे और कुछ में खाने-पीने का सामान लदा हुआ था।

निरीक्षण करने के बाद मैं लौट आया। आकर मैंने तैयारी शुरू कर दी। मैंने सबसे पहले कुछ मजबूत रस्सियों को आपस में जोड़कर मजबूत रस्सियां बनाई। इसके बाद मैंने लोहे की छड़ें लाने को कहा। जल्दी ही सैनिकों की मदद से मैंने पूरी तैयारी कर ली। मैंने उन रस्सियों में जो कि मैंने धागों को बटकर बनाई थी, उनमें कांटों को फंसाया। इस तरह से मैंने तकरीबन पचास रस्सियों में इन कांटों के साथ बांध लिया। इस तरह से ये कंटिया बन गई थीं। इस तरह तैयार होकर मैं शत्रु के जहाज पकड़ने निकला। जूते और मौजे उतारकर में खाड़ी में उतर गया। बीच में पानी की धार काफी तेज थी। लेकिन चूंकि उसकी गहराई छः फुट से ज्यादा नहीं थी, इसलिए मुझे उस पार जाने के लिए ज्यादा मशक्कत नहीं करनी पड़ी।

मुझे देखकर शत्रु के सैनिक घबराकर चीखने लगे। उनमें अफरा-तफरी मच गई। मुझे अपनी तरफ आते देखकर सारे सिपाही जहाजों से कूद पड़े और किनारे की तरफ भागने लगे। उनकी संख्या कम-से-कम तीस से

चालीस हजार होगी। आगे बढ़ना तो दूर की बात मेरे सामने टिक पाना भी उनके लिए मुश्किल हो रहा था। मैं किनारे पहुंचा तो उन्होंने सोचा कि अब तो इसका मुकाबला करना ही पड़ेगा और उन्होंने मुझ पर तीरों की वर्षा शुरू कर दी। उनके तीर छोटे तो थे, पर पैने थे जो मेरे शरीर के हर हिस्से को घायल कर रहे थे। मैंने अपना काम शुरू कर दिया। मैंने अपने साथ लाई उन कंटियों को उनके जहाजों में फंसाया और फिर रस्सियों को इकट्ठा कर लिया।

इस तरह से उनके जहाज तो मेरे कब्जे में आ चुके थे, पर वे सैनिक अभी भी मेरे ऊपर तीरों से हमले कर रहे थे। मुझे डर सिर्फ इस बात का था कि उनका कोई तीर मेरे कान या आंख में आकर न चुभ जाए। अब मैंने उन जहाजों को खींचना शुरू किया। पर वे काफी भारी थे। मैंने देखा कि लंगर डाले होने की वजह से अपनी जगह से नहीं हिल रहे थे। मैंने अपनी जेब से चाकू निकाला और उन मजबूत रस्सियों को काटना शुरू किया। उनके पचास जहाज इस समय मेरे कब्जे में थे। पर मैं पूरी तरह से घायल हो चुका था।

मेरे जख्म ज्यादा गहरे तो नहीं थे पर उनमें दर्द बहुत ज्यादा महसूस हो रहा था। अभी तक शत्रु की समझ में नहीं आया था कि आखिर मैं हूं क्या बला और आखिर उनके जहाजों के साथ क्या करना चाहता हूं। जब मैंने जहाजों को खींचना शुरू किया तो वे और ज्यादा तेजी के साथ चीखने लगे और तीर बरसाने लगे। इस हड़बड़ाहट में जो सैनिक जहाजों से गिरकर पानी में बह रहे थे मैं उनको उठा-उठाकर जहाज में वापस रखता जा रहा था। किनारे पर खड़ी उनकी फौज भी तीरों से मुझ पर लगातार हमला करती जा रही थी। अब सैनिकों ने तीर चलाना छोड़ दिया था और वे सिर्फ चीख रहे थे। अब मैं काफी आगे निकल चुका था। मैं किनारे की तरफ बढ़ा आ रहा था। अब वे पूरी तरह से

मेरे हवाले हो चुके थे। मैंने अपने हाथों और सीने में लगे कुछ तीरों को वहीं रूककर निकाला। और फिर आगे बढ़ने लगा। अब मैं उन जहाजों के साथ लिलिपुट के किनारे पर आ पहुंचा था।

बादशाह अपने दरबारियों के साथ किनारे पर मेरा इंतजार कर रहा था। मुझे आते देख सबने अपने हाथ हवा में लहराने शुरू कर दिए। उन्हें अभी वे जहाज नजर नहीं आ रहे थे, जो मैं अपने पीछे खींचकर ला रहा था। कुछ ही देर में उन्हें यकीन हो गया कि मैंने उन जहाजों को बंधक बना लिया है। अब सबने चैन की सांस ली। जब उन्होंने दुश्मन के इतने सारे जहाजों को एक रस्सी में बंधे देखा तो उनकी खुशी का ठिकाना नहीं रहा। खुशी के मारे वे सब नाचने लगे। बादशाह ने आगे बढ़कर मेरा स्वागत किया और अपनी फौज को आदेश दिया कि इन जहाजों और सैनिकों को अपने कब्जे में कर लो, बादशाह मेरे इस कारनामे से बहुत खुश था।

वह मुझे मुंहमांगा ईनाम देना चाहता था। मैंने जब किसी चीज की इच्छा जाहिर नहीं की, तो उसने मुझे अपने राज्य का सबसे बड़ा खिताब नारडैक दिया। मैंने झुककर बादशाह के द्वारा दिए गए इस सम्मान को स्वीकार किया। बादशाह ने सैनिकों को आदेश दिया कि मेरे जख्मों का तुरंत इलाज किया जाए और मेरे खाने-पीने का पूरा ध्यान रखा जाए। बादशाह ने मुझसे कहा कि अब दुश्मन देश को अपना गुलाम बनाना आसान हो गया है। इन सब बंदियों को देशद्रोह के जुर्म में फांसी पर लटका देंगे। अब उस देश को बंदी बनाना मुश्किल नहीं है। पर मैं बादशाह की इस बात से सहमत नहीं था।

मैं बिना कारण किसी आजाद देश को गुलाम बनाने के पक्ष में नहीं था। मैंने अपने ये विचार बादशाह के सामने रख दिए। अपनी इच्छा के विरूद्ध मेरी बात सुनकर बादशाह को अच्छा नहीं लगा। मैंने बादशाह

को समझाया कि इस विषय पर आराम से बात करेंगे। इतनी जल्दबाजी दिखाना ठीक नहीं है। उस समय तो बादशाह ने मुझसे कुछ नहीं कहा, पर मैं समझ चुका था कि मेरी ये बात बादशाह को बहुत बुरी लगी हैं। बादशाह के करीबी लोग जो मुझसे न जानें क्यों ईर्ष्या करते थे उन्हें मौका मिल गया मेरे खिलाफ बादशाह के कान भरने का। राज्य के आम निवासी मेरे इस काम की प्रशंसा करते नहीं थक रहे थे। बहुत दिनों तक मेरी इस बहादुरी के किस्से घर-घर में चर्चा का विषय बने रहे। अब राज्य का हर निवासी मुझे देखकर सलाम करता और मेरे द्वारा शत्रु के जहाजों को बंधक बनाए जाने पर मेरी प्रशंसा करता।

बादशाह ने महल में जाकर इस विषय पर अपने दरबारियों की राय मांगी। कुछ लोग जो मेरे दुश्मन थे, उन्होंने बादशाह को यह कहकर मेरे खिलाफ भड़काने का काम किया कि मैंने उसकी बात का उसके मुंह पर ही विरोध कर दिया। पर कुछ ऐसे लोग भी थे जो मेरी इस बात से सहमत थे। ऐसे लोगों की संख्या कम थी। मैं जानता था कि बादशाह मेरे इस अपराध के लिए मुझे कभी क्षमा नहीं करेगा, क्योंकि बादशाह के आदेश की अवमानना करना अपराध समझा जाता था। दरबार में मौजूद मेरे शत्रुओं ने इस मौके का पूरा फायदा उठाया। दरबार में मुझे सजा देने की बातें होने लगीं थीं। अब बादशाह मेरे इस बहादुरी के कारनामे को भूल चुका था और मेरे शत्रुओं की बातों में आकर मुझे सजा देने की बातें करने लगा था।

कुछ सप्ताह बाद दुश्मन देश का एक शांतिदूत शांति का संदेश लेकर लिलिपुट के बादशाह के पास आया। बादशाह के सामने पेश होकर उसने कहा कि मुझे हमारे बादशाह ने शांति का संदेश लेकर भेजा है। बादशाह ने इस पर विचार किया और अपने दरबारियों की राय से कुछ शर्तों पर दुश्मन से संधि करने का फैसला कर लिया।

संधि हो जाने पर जहाजी बेड़े के साथ बंदी बनाए गए हजारों सैनिकों को रिहा कर दिया गया। इस मौके पर एक खास कार्यक्रम का आयोजन किया गया। इस कार्यक्रम में उस देश के कुछ राजदूत लिलिपुट आए। उनके साथ उनके शाही नौकर भी मौजूद थे, जिनकी संख्या तकरीबन पांच से सात सौ थी। इन राजदूतों के साथ बादशाह ने कई बैठकें की और संधि पर बात की।

इसके बाद जब उन्होंने मुझसे मिलने की इच्छा जाहिर की, तो बादशाह ने प्रसन्नता के साथ मुझसे मिलने की अनुमति दे दी। राजदूतों ने मुझसे मिलने की इच्छा इसलिए जाहिर की, क्योंकि उन्हें पता चल गया था कि मैंने उनके देश पर होने वाले हमले का विरोध किया था। मुझसे मिलकर उन्होंने मेरी काफी प्रशंसा की। वे मेरे द्वारा किए गए इस एहसान को कभी न भूलने की बात कह रहे थे। उनका कहना था कि मैंने अपनी शक्ति का प्रयोग किसी गलत उद्‌देश्य के लिए नहीं किया, इसलिए उनकी नजर में मैं महान और बहुत दयालू था। उनकी इच्छा थी कि मैं उन्हें सेवा का मौका दूं। इसलिए उन्होंने मुझे अपने देश में आने का न्यौता दे डाला। मैंने प्रसन्नता के साथ उनके इस न्यौते को स्वीकार कर लिया।

वे मुझे छूकर देखना चाहते थे। मैंने उनको अपने हाथों में उठाकर उनकी ये इच्छा पूरी कर दी।

मैंने बादशाह से मिलने की इच्छा जाहिर की। बादशाह ने मुझे मिलने के लिए बुलावा भेजा। मैं ब्लूफुस्कू के राजा से मिलने जाना चाहता हूं। मैंने लिलिपुट के बादशाह से अपनी इच्छा जाहिर की। बादशाह को कोई आपत्ति नहीं थी। पर उसे न जाने क्यों किसी बात का भय सता रहा था, जो बादशाह के चेहरे पर साफ देखा जा सकता था।

बाद में मुझे पता चला कि राजदरबार में मौजूद मेरे दुश्मनों ने बादशाह

के कानों तक कुछ गलत बातें पहुंचा दीं थी, जिससे बादशाह परेशान था। मुझे किसी ने बताया कि मैंने शत्रु देश के राजदूतों से क्या बात की है इसको लेकर मेरे शत्रुओं ने बादशाह को कुछ गलत पट्टी पढ़ा दी है।

उन राजदूतों से बात करने में मेरी मदद दुभाषिए ने की थी, क्योंकि दोनों देशों की भाषा में काफी अंतर था।

षड्यंत्र और स्वतंत्रता

दिन बीतते गये और शत्रु मेरे खिलाफ षड्यंत्र रचते गये। परंतु मेरा बाल भी बांका न हुआ। मैं एक साधारण परिवार से संबंध रखता हूं, इसलिए मुझे मेरे देश या पड़ोसी देशों के किसी राजा के साथ कभी उठने-बैठने का मौका नहीं मिला था। इसी कारण मैं शाही रीति-रिवाज से अनभिज्ञ था। कई बार लिलिपुट के राजदरबार में मुझसे भयंकर गलती हो जाया करती थी, इस बात का लाभ मेरे शत्रुओं को मिल जाता था और वे मेरे खिलाफ बादशाह के कान भरते रहते थे।

अपनी इच्छा के मुताबिक, मैं ब्लेफुस्कू के बादशाह से मिलने की तैयारी करने लगा। अचानक एक रात मुझे ऐसी खबर सुनने को मिली, जिसने मुझे आश्चर्यचकित और दुःखी कर दिया था। हुआ यूं कि एक रात एक दरबारी अपनी पालकी में बैठकर मेरे पास आया। साफ जाहिर था कि वह सबकी नजरें बचाकर मुझसे मिलने आया था। उसने आकर कहा कि वह मुझे कुछ खास बात बताना चाहता है। उसने पालकी वालों को वापस भेज दिया।

मैं समझ गया था कि वह मुझसे एकांत में कुछ बात करना चाहता है। मैंने दरबारी और उसकी पालकी दोनों को उठाकर अपनी जेब में रख लिया। बादशाह ने जिन नौकरों को मेरी सेवा में लगा रखा था मैंने उनसे कहा कि मैं आज जल्दी सोना चाहता हूं इसलिए वे आज जल्दी चले जाएं। उनके जाने के बाद मैंने दरबारी और उसकी पालकी को जेब से निकालकर टेबल पर रख दिया। टेबल पर अपना सिर झुकाकर

मैं उससे बातें करने लगा। वह काफी दुःखी नजर आ रहा था। मैंने उससे जानना चाहा कि आखिर वह कौन सी खबर है, जो उसे मुझे देने के लिए इतनी रात को यहां आना पड़ा। उसने कहा कि बादशाह और उसके दरबारियों ने मिलकर यह फैसला लिया है कि तुम देशद्रोही हो और इसलिए राज्य के भी अपराधी हो। तुम्हें इस अपराध के लिए सजा देने का फैसला किया गया है। तुम्हारी दोनों आंखें फोड़कर तुम्हें सजा देने का फैसला किया गया है। दो-तीन दिनों के अंदर तुम्हें यह सजा दे दी जाएगी। दरबारी ने मुझसे कहा कि सजा का दिन आने से पहले मुझे इस देश को छोड़ देना चाहिए।

उसने मुझे यह भी बताया कि राज्य के साधारण लोग तुम्हें देशद्रोही नहीं समझते हैं। वे तुम्हारी हर समय प्रशंसा करते हैं। पर बादशाह और दरबारियों के खिलाफ बोलने का मतलब होगा बादशाह के आदेश को न मानने का जुर्म करना। और बादशाह का आदेश न मानना अपराध माना जाता है।

दरबारी मुझे यह सब बताता जा रहा था और मैं अपना चेहरा जमीन पर रखे सब चुपचाप सुनता जा रहा था। उसने मेरे चेहरे पर हाथ लगाते हुए कहा कि तुम एक अच्छे चट्टानी आदमी हो तुम्हारा भला इसमें ही है कि तुम यहां से चले जाओ। उस दरबारी के जाने के बाद मैं बिस्तर पर गिर गया, मानो मुझमें जान ही न बची हो। मैं अपनी सजा से नहीं, बल्कि इस बात से दुःखी था कि मैंने बादशाह या उसके राज्य के खिलाफ एक भी काम नहीं किया तो फिर मैं देशद्रोही कैसे हो गया? अब मैं इस बिना अपराध किए दी जाने वाली सजा से बचने की तरकीबें सोच रहा था। अब मैंने पूरी दृढ़ता से निश्चय कर लिया था कि मैं तीन दिन से पहले ही ब्लेफुस्कू के लिए रवाना हो जाऊंगा। बादशाह तो मुझे इसकी इजाजत दे ही चुका था।

दूसरी सुबह मैंने किनारे आकर शाही जहाजों के बेड़े में से सबसे बड़ा जहाज खोला। उसमें मैंने अपने कपड़े और सारा सामान रखा और उस जहाज को खींचता हुआ ब्लेफुस्कू द्वीप के किनारे पहुंच गया। उस ओर का नजारा देखकर मैं बहुत खुश हुआ। ब्लेफुस्कू का राजा अपने दरबारियों और हजारों सैनिकों के साथ मेरे स्वागत के लिए खड़ा था। मैंने पानी से निकलकर सबको झुककर सलाम किया। राजा अपने घोड़े से नीचे उतरा और मेरा जोरदार स्वागत किया।

राजा के साथ उसकी रानी भी मौजूद थी, जो एक पालकी में बैठी थी। मैं रानी के नजदीक गया और घुटनों के बल खड़े होकर रानी को सलाम किया। वह धीरे से मुस्कुराई पर मुझे देखकर आश्चर्यचकित भी थी। फिर मैंने राजा से कहा कि मैं आपके शांतिदूतों द्वारा दिए गए निमंत्रण पर आपके देश में आया हूं। राजा ने कहा कि यह निमंत्रण तुम्हें हमने ही भिजवाया था।

उसने मेरे खाने-पीने और रहने का काफी अच्छा बंदोबस्त किया था। अब मैंने राजा से उसकी राजधानी देखने की इच्छा जाहिर की। राजा ने मेरे साथ अपने दो आदमियों को भेज दिया जो मुझे राजधानी दिखाने वाले थे। मैंने उन दोनों को अपने हाथ में उठा लिया और राजधानी देखने निकल पड़ा।

जब मैंने राजधानी अच्छी तरह से देख ली, तब राजा ने मुझसे मिलने की इच्छा जताई। दरबार में मेरा भव्य स्वागत किया गया। हालांकि मैं दरबार के अंदर तो नहीं घुस सका, पर मैंने अपना चेहरा दरबार में दिखा दिया था। राजा ने सभी दरबारियों से मेरा परिचय करवाया।

इसके बाद मेरे सोने का इंतजाम किया गया। मेरे लिए एक मकान का बंदोबस्त किया गया था। यह मकान मेरे लिए छोटा तो था, पर मैं जानता था कि इससे बड़ा मकान इस देश में है भी नहीं। इसलिए मुझे

इसी में गुजारा करना था। मैं सोने की कोशिश कर रहा था कि अचानक जोर से वर्षा शुरू हो गई। मैंने अपने मकान से बाहर झांक कर देखा तो बहुत बारीक-बारीक बूंदे आसमान से जमीन की तरफ चली आ रही थीं पर यह इस देश के लिए भारी वर्षा थी। बारिश जब काफी देर बाद भी नहीं थमीं तो किसानों को अपने खेतों के बह जाने की चिंता सताने लगी। पानी उनके खेतों में भरा जा रहा था।

तकरीबन दस-दस फुट के खेतों में लगी उनकी चार से पांच इंच लंबी फसलों को ज्यादा वर्षा से नुकसान पहुंचने का खतरा था। वे यहां-वहां से मिट्टी लाकर अपने खेतों के आस-पास ऊंची मेढ़ बनाने की कोशिश कर रहे थे। पर तेज बारिश और हवा के कारण उनके इस काम में बाधा पड़ रही थी। मैंने इन किसानों की मदद करने का फैसला किया। अपने हाथों से मिट्टी उठाकर उनके खेतों के आस-पास इकट्ठी कर दी।

अब उनके खेत सुरक्षित थे। किसान मुझे काम करते देख रहे थे। शायद उनकी समझ में नहीं आ रहा था कि मैं क्या कर रहा हूं। पर जब उन्होंने देखा कि मैं उनकी मदद करना चाह रहा हूं तो वे मेरे द्वारा किए गए इस काम से बहुत खुश हुए। अब वे बेफिक्र होकर अपने घर वापस चले गए।

ब्लेफुस्कू में मैं बड़े आराम से रह रहा था। दिन भर मैं इन छोटे-छोटे लोगों की गतिविधियां देखता, राजदरबार में होने वाले काम-काज देखता और इस तरह दो दिन गुजर गए। तीसरे दिन सुबह के समय मैं ब्लेफुस्कू द्वीप के उत्तर पूर्वी किनारे पर टहल रहा था कि मेरी अचानक मेरी नजर समुद्र के पानी पर तैरती किसी चीज पर जा टिकी। पहले तो कुछ समझ नहीं आया कि आखिर वह क्या चीज है? फिर लगा कि लहरों पर तैरने वाली यह चीज कुछ और नहीं बल्कि एक नाव है। यह उलट गई थी।

मैंने फौरन अपने जूते उतारे और समुद्र मे उतर कर उस नाव की दिशा में बढ़ने लगा।

करीब तीन सौ गज आगे जाने पर मैंने देखा कि वह वाकई एक नाव थी। मेरी खुशी का ठिकाना नहीं था। यह नाव शायद किसी जहाज से छूटकर दूर निकल आई थी। मैं इस नाव को किनारे लाना चाहता था, क्योंकि यही एक ऐसा जरिया था जिसके द्वारा मैं अपने देश वापस लौट सकता था। मैंने नाव को धकेलकर किनारे लाने की कोशिश की, पर वह बहुत भारी थी। मेरी कोशिश नाकाम रही। मैं वहां से सीधा चलकर राजा के पास गया और उसको सारी बात बताकर उसकी मदद मांगी। राजा ने प्रसन्नता के साथ मदद के लिए मेरे साथ कई बड़े-बड़े जहाज और तीन हजार आदमियों को भेज दिया। इन जहाजों को मैं नाव तक ले गया।

मल्लाहों के पास जो मजबूत रस्सियां थीं, उनमे कांटे लगे थे। पास जाकर नाव में कांटें फंसा दिए और सब मिलकर नाव को खींचने लगे। मैं पानी के अंदर खड़ा था और नाव को किनारे की तरफ धकेल रहा था। पर पानी में पैर न जमने की वजह से मुझे नाव को धक्का देने मे काफी परेशानी हो रही थी। नाव सचमुच बहुत भारी थी। इतने जहाजों और मल्लाहों के मिलकर खींचने पर भी इस काम में काफी दिक्कत हो रही थी, पर ज्यों ही हवा का रूख पलटा और हवा किनारे की तरफ बहने लगी, तो हमारा काम काफी आसान हो गया। हजारों लोग अब तक इस नाव को देखने के लिए किनारे पर जमा हो चुके थे। मैंने राजा से कहा कि प्रभु ने सौभाग्य से मेरे लिए यह नाव भेज दी है।

अब मैं घर लौट सकता हूं। इसके लिए मुझे नाव की थोड़ी मरम्मत करनी होगी, जिसके लिए मुझे कुछ कारीगरों के जरूरत होगी। राजा ने मेरी बात को स्वीकार कर नाव ठीक करवाने की इजाजत दे दी। पर मेरे

वापस जाने की बात से वह उदास हो गया। जब मैंने उससे कहा कि मैं अब अपने बच्चों और पत्नी से मिलना चाहता हूं, जो लंबे समय से मुझसे दूर हैं। इस पर राजा ने वायदा किया कि मैं जल्दी से तुम्हारे घर जाने का इंतजाम करवा दूंगा।

उधर लिलिपुट का बादशाह मेरे जल्दी लौटने का इंतजार करता रहा। पर जब मैं काफी दिनों तक वापस लिलिपुट नहीं लौटा तो बादशाह को संदेह होने लगा। इस संदेह की आग में घी डालने का काम मेरे दुश्मन कर रहे थे, जो मेरे खिलाफ बादशाह को भड़काने का काम किया करते थे।

अंत में लिलिपुट के महल में एक फैसला लिया गया, जिसके मुताबिक अपने एक दूत को ब्लेफुस्कू के राजा के पास भेजने का निश्चय किया गया। दूत के हाथ बादशाह ने एक पत्र भिजवाया। पत्र में ब्लेफुस्कू के राजा की वीरता और दयालुता का बखान किया गया था और दोनों देशों के बीच भविष्य में भी मित्रता कायम रखने पर जोर दिया गया था। अंत में लिखा था कि वह चट्टाननुमा इंसान जो कि हमारे देश का है और यहां से भागकर आपके देश मे आ पहुंचा है। असल में यह चट्टाननुमा इंसान अपनी उस सजा से बचकर भागना चाहता है, जो इसे राज्य ने दी है। इसकी जान को कीमती देखते हुए सिर्फ इसकी दोनों आंखें फोड़ने की सजा सुनाई गई है।

अगर यह चट्टाननुमा इंसान दो घंटों के भीतर देश वापस नहीं लौटा तो इसकी सजा बढ़ा दी जाएगी। इसको दिया गया खिताब भी वापस ले लिया जाएगा। पत्र के अंत में लिलिपुट के बादशाह ने ब्लुफुस्कू के राजा से विन्रम निवेदन किया कि अगर मैं उसकी बात नहीं मानता हूं और सीधे तौर पर वापस लिलिपुट नहीं लौटता हूं तो मेरे हाथ-पैर बांधकर वापस भेज दिया जाए।

ब्लेफुस्कू का राजा बहुत समझदार था। दो दिन उसने इस चिट्ठी पर विचार-विमर्श किया। अंत में दरबारियों की राय लेकर लिलिपुट के बादशाह को एक पत्र भेजा गया। पत्र में सबसे पहले बादशाह का धन्यवाद किया गया और बादशाह की प्रसन्नता आदि की गई। अंत में लिखा कि चट्टाननुमा इंसान के हाथ-पैर बांधकर उसे वापस भेजना तो एक नामुमकिन काम है। हालांकि उसने हमारे जहाजी बेड़े को बर्बाद किया और हमारे जहाजों को उठाकर लिलिपुट पहुंचा दिया फिर भी हम इसके बहुत आभारी हैं।

मैंने दोनों देशों के बीच-शांति संधि करवाने में जो भूमिका निभाई पत्र में उसकी भी प्रसन्नता की गई थी। इस चिट्ठी में राजा ने यह भी लिखकर भेजा कि मुझे मेरे देश वापस लौट जाने के लिए एक नाव भी मिल गई है और नाव की मरम्मत का काम पूरा होते ही यह चट्टाननुमा इंसान जल्दी ही अपने देश के लिए रवाना हो जाएगा। इस चिट्ठी के बारे में राजा ने मुझे बाद में बताया।

राजा ने कहा कि तुम्हें फिक्र करने की जरूरत नहीं, तुम जितने दिन चाहों यहां रह सकते हो, हम तुम्हारी पूरी सुरक्षा करेंगे। मैं इस राजपाट और बादशाहों के देश में काफी दुःखी हो चुका था। मैंने विन्रमतापूर्वक राजा से क्षमा मांगी और कहा कि ईश्वर की भी अब यही मर्जी है कि मैं वापस अपने देश लौट जाऊं। इसलिए उसने मेरे लिए नाव भी भेज दी है।

बादशाह समझदार था। मेरी बातों को जल्दी समझ गया। महल के ज्यादातर दरबारी भी यही चाहते थे कि मैं अपने देश जल्दी से जल्दी लौट जाऊं। इसलिए उन्होंने मेरी मदद के लिए पूरा बंदोबस्त कर दिया था। मेरी नाव के लिए बड़ी-बड़ी पाले बनाने के काम में करीब पांच सौ लोग जुटे हुए थे।

अब मैंने यात्रा के दौरान काम आने वाला सामान इकट्ठा करना शुरू किया। मैंने मोटी रस्सियां तैयार करने के लिए उनके मोटे धागे के समान रास्सियों को लेकर आपस में बटना शुरू की और इस तरह से मैंने काफी मोटी रस्सी बना ली थी। इसके बाद मैंने लंगर के बारे में सोचना शुरू किया। बहुत खोजने के बाद मुझे एक बड़ा भारी पत्थर मिल गया। मैंने इसी पत्थर को लंगर बना लिया। राजधानी के सबसे बड़े पेड़ों को काटकर नाव के लिए मस्तूल तैयार किए। मेरी नाव को मजबूत बनाने का वे हर संभव प्रयास कर रहे थे। इस काम में राज्य के सबसे तगड़े मजदूर बादशाह की आज्ञा से मेरी मदद कर रहे थे।

करीब एक महीने में तैयारी पूरी हो गई। अब मैंने राजा से मिलने का विचार किया। बादशाह पूरे शाही परिवार के साथ महल के बाहर आकर मुझसे मिला। जमीन पर लेटकर मैंने बादशाह का हाथ चूमा। रानी और शहजादे भी मुझे आखिरी बार देखने के लिए वहां पर मौजूद थे।

बादशाह ने मुझे अपने देश के रुपयों से भरी हुई पचास थैलियां भेंट की और अपना एक बड़ा-सा चित्र भी दिया। मैंने बादशाह का चित्र तो स्वीकार कर लिया, पर रुपयों से भरी थैलियों को मैंने लेने से मना कर दिया। राजा ने मुझसे इसका कारण पूछा। मैंने कहा कि ये धन मेरी ओर से अपने राज्य के विकास में लगा लीजिएगा। पर मैंने उस थैली में से एक रुपया निकाल लिया था। बादशाह को मेरी यह बात काफी पसंद आई।

राजा द्वारा दी गई चीजों को मैंने अपने एक दस्ताने में लपेटकर हिफाजत के साथ रख लिया। उस देश के लिए कुछ लोगों को मैं नमूने के लिए ले अपने साथ ले जाना चाहता था, लेकिन बादशाह इसके लिए राजी नहीं हुआ। उसने मेरी जेबों की तलाशी ली और किसी आदमी को वहां से चुराकर ले जाने की सख्त मनाही कर दी।

इस तरह पूरी तैयारी के साथ मैं 24 दिसंबर 1701 को छः बजे सवेरे ब्लेफुस्कू द्वीप से अपने देश के लिए रवाना हो गया।

इन अजीब से बौनों के देशों से मुक्ति पाकर मैं बहुत खुश था। दिनभर मैं अपनी नाव में यात्रा करता रहा। शाम को कुछ दूर जाने पर मुझे एक छोटा-सा टापू दिखाई दिया। मैंने इसी टापू पर रात बिताने का फैसला किया। मुझे लगा कि टापू पर कोई रहता नहीं है। नाव को मैंने किनारे एक पेड़ से बांध दिया।

थोड़ा-सा खाना लेकर मैं जमीन पर उतर गया। खा-पीकर मैं आराम से लेट गया। सुबह जल्दी ही मेरी नींद खुली। नाश्ता करके मैं फिर से अपनी नाव में आ बैठा और आगे बढ़ा। दिन-भर मेरी नाव आगे बढ़ती रही।

दूसरे दिन करीब तीन बजे दोपहर मुझे कुछ दूरी पर किसी नाव की पाल दिखाई दी। मैंने आवाज देकर नाव को रोकना चाहा लेकिन, शायद मेरी आवाज उस तक पहुंच नहीं सकी। सौभग्य से हवा इस समय उसी दिशा में बह रही थी।

कुछ देर बाद जहाज के कप्तान ने मेरी नाव को लहरों पर थपेड़े खाते देख लिया। उसने फौरन मेरी मदद के लिए जहाज से कुछ नावें मेरी तरफ भेज दी।

मुझे यह देखकर बहुत खुशी हुई कि इन नावों में मेरे देश के भी दो मल्लाह थे। इतने दिनों बाद अपने जैसे इंसानों को देखकर खुशी से झूम उठा। वे लोग भी मुझसे मिलकर बहुत खुश थे। बड़े ही आदर के साथ उन्होंने मुझे अपने जहाज पर चढ़ाया। उस जहाज पर विश्वविजेता इंग्लैंड का झण्डा बड़ी शान के साथ फहरा हुआ था।

जहाज पर मुझे किसी बात की परेशानी नहीं उठानी पड़ी। जहाज कई दिनों तक समुद्र में चलता रहा और फिर वह इंग्लैंड के किनारे जा

लगा। अपनी मातृभूमि को देखकर मुझे बहुत प्रसन्नता हुई और जहाज से उतरकर सबसे पहले देश की मिट्टी को उठाकर माथे पर लगाया।

इस तरह लिलिपुट की रोमांचक यात्रा मेरे लिए एक यादगार बन कर रह गयी। जीवन में कभी मौका मिला तो लिलिपुट जाकर पुराने दोस्तों से जरूर मिलूंगा। हां यदि आप कभी लिलिपुट जाओ तो मेरे दोस्तों को मेरा प्रणाम अवश्य कह देना।

•••

प्रश्नोत्तरी

1. जोनाथन स्विफ्ट कौन थे?

(अ) अंग्रेज़ (ब) एंग्लो-आयरिश

(स) भारतीय (द) पाकिस्तानी

2. गुलिवर किस जहाज पर डॉक्टर था?

(अ) एण्टीलोप पर (ब) मैडेन पर

(स) एलोकेरा पर (द) जुरासिक पर

3. गुलिवर के पिता क्या थे?

(अ) राजा (ब) धोबी

(स) ज़मीदार (द) मोची

4. गुलिवर किस द्वीप पर पहुंचा था?

(अ) लिलिपुट पर (ब) भारत

(स) निकोबार पर (द) महासागर

5. लिलिपुट के लोगों की लंबाई कितनी थी?

(अ) 3 मीटर (ब) 6 मीटर

(स) 4 फुट (द) 6 इंच

6. लिलिपुट में गुलिवर को क्या बनाया गया?

(अ) मेहमान (ब) शासक

(स) सैनिक (द) कैदी

7. गुलिवर को लिलिपुट में क्या कहते थे?

(अ) चट्टाननुमा आदमी (ब) बहादुर

(स) चोर (द) गुलाम

8. गुलिवर ने किस देश को हराया?

(अ) ब्लैक हाल को (ब) काशी को

(स) वाराणसी को (द) ब्लेफुस्कू को

9. लिलिपुट से गुलिवर कहां आया?

(अ) पाकिस्तान (ब) भारत

(स) इंग्लैंड (द) ब्लेफुस्कू

10. गुलिवर अपने देश के लिए कब रवाना हुआ?

(अ) 12 नवंबर 1946 (ब) 12 दिसंबर 1947

(स) 24 दिसंबर 1701 (द) 12 नवंबर 1957

उत्तर

1. ब 2. अ 3. स 4. अ 5. द 6. अ 7. अ 8. द 9. द 10. स